DU MÊME AUTEUR

Aux Éditions Gallimard

UN AMÉRICAIN PEU TRANQUILLE, 1960 (Folio n° 4171).

DES FEUX MAL ÉTEINTS, 1967 (Folio n° 1162).

DES BATEAUX DANS LA NUIT, 1982 (Folio n° 1645).

L'ÉTUDIANT ÉTRANGER, 1986 (Folio n° 1961). Prix Interallié 1986.

UN ÉTÉ DANS L'OUEST, 1988 (Folio n° 2169). Prix Gutenberg des lecteurs 1989.

LE PETIT GARÇON, 1990 (Folio n° 2389).

QUINZE ANS, 1992 (Folio n° 2677).

UN DÉBUT À PARIS, 1994 (Folio n° 2812).

LA TRAVERSÉE, 1996 (Folio n° 3046).

RENDEZ-VOUS AU COLORADO, 1998 (Folio n° 3344).

MANUELLA, 1999 (Folio n° 3459).

JE CONNAIS GENS DE TOUTES SORTES, 2002 (Folio n° 3854). Prix du *Journal du Centre* 2002.

MON AMÉRIQUE (1 CD), À voix haute, 2006.

LES GENS, 2009 (Folio n° 5092).

7 500 SIGNES, 2010.

LE FLÛTISTE INVISIBLE, 2013 (Folio n° 5809).

« ON A TIRÉ SUR LE PRÉSIDENT », 2014 (Folio n° 6034).

MA MÈRE, CETTE INCONNUE, 2017 (Folio n° 6541).

J'IRAIS NAGER DANS PLUS DE RIVIÈRES, 2020 (Folio n° 7149).

ÉCRITS AMÉRICAINS. Œuvres choisies, 2023 (Quarto).

Aux Éditions Albin Michel

TOMBER SEPT FOIS, SE RELEVER HUIT, 2003 (Folio n° 4264).

FRANZ ET CLARA, 2006 (Folio n° 4612).

Suite des œuvres de Philippe Labro en fin de volume

DEUX GIMLETS SUR LA 5e AVENUE

PHILIPPE LABRO

DEUX GIMLETS SUR LA 5e AVENUE

roman

nrf

GALLIMARD

Il a été tiré de l'édition originale de cet ouvrage
quarante exemplaires sur vélin rivoli
des papeteries Arjowiggins numérotés de 1 *à* 40.

À la femme de ma vie.

Pour tous les événements qui dans la vie et ses situations contrastées se rapportent à l'amour, le mieux est de ne pas essayer de comprendre, puisque, dans ce qu'ils ont d'inexorable comme d'inespéré, ils semblent régis par des lois plutôt magiques que rationnelles.

MARCEL PROUST

PREMIÈRE PARTIE

« Il se passe des choses étranges à Paris. »

1961

I

Il l'aperçut alors qu'elle marchait le long de l'École militaire et traversait la place Joffre pour se diriger vers le Champ-de-Mars.

Il avait reconnu son dos, immédiatement. Les gens, leur dos, on le reconnaît, même de loin, même dans une foule, même dans le noir. Un mouvement des hanches, ou des épaules, le souvenir d'une tête que l'on avait posée contre une poitrine, un soir de tendresse. Il se surprit à parler à haute voix pour lui-même :

— Ah ! La voilà, enfin !

Il pensa que, depuis plus d'un an, il n'avait cessé de la rechercher dans la ville. Elle portait une veste d'homme de couleur rouge, elle avait récemment adopté cette mode encore discrète d'emprunter des vêtements d'homme, et de les faire siens, à l'image de certaines stars US des années 40, Lauren Bacall, Katharine Hepburn.

Elle marchait assez vite, comme toujours, et comme toujours son corps droit, presque athlétique, presque celui d'une danseuse. Quand les danseurs marchent, ils conservent quelque chose de leur danse. Ils ne bougent pas tout à fait comme les autres. Il sentait son cœur battre un peu plus fort. Un coup, comme ça. Son souffle s'était raccourci. Il continuait de se parler à haute voix, indifférent aux regards des passants :

— Qu'est-ce que je vais pouvoir lui dire ? Je vais avoir l'air ridicule, il faudrait rester calme. Maîtriser ta maladresse. Calme-toi, mon vieux.

On était fin septembre, début octobre, et il faisait relativement beau mais frais. Il pressa le pas pour traverser à son tour et avancer dans sa direction. Elle avait emprunté une allée, et il décida d'accélérer en contournant la pelouse afin de pouvoir se trouver face à elle. Marcher vers elle et non plus dans son dos. Lui faire face. D'un geste rapide, il passa une main dans ses cheveux. De quoi ai-je l'air, pensa-t-il. Et qu'est-ce que je fais ? Quoi ? Toutes ces manœuvres, où ça peut me mener ?

Elle le vit alors, et il crut deviner un recul, comme un réflexe de son corps, comme si elle voulait l'éviter. Mais il était trop tard.

— Bonjour, dit Lucas à Élisabeth.

— Bonjour, répondit Élisabeth à Lucas.

Au seul son de sa voix, il eut presque les larmes aux yeux. Il s'était immobilisé. Il la regardait, avec l'air ahuri d'un homme qui découvre un trésor autour duquel il creusait depuis des années. Elle lui renvoyait son regard, immobile elle aussi, et il trouvait ce regard sévère et injuste. C'est comme ça, la vie, ce n'est pas drôle, il y a celui qui aime et l'autre qui est aimé. La balance n'est jamais égale. Cela vous est déjà arrivé de retrouver une femme que vous aimez encore ?

— Alors, lui dit-il, qu'est-ce que tu deviens ?

Elle semblait ne pas vouloir répondre. Il ajouta, en mangeant ses mots, à la manière d'un gamin à l'école, pétrifié sur son banc devant les autres élèves et devant le prof, ce gamin qu'il croyait être redevenu :

— Tu es encore bien plus belle qu'avant.

Elle sourit et, comme il était déjà saisi par une sorte d'hostilité, ce qui le surprenait, il trouva que son sourire était ce qu'on appelait à l'époque un « sourire Colgate ».

— Merci.

Et il se dit aussi que ce « merci » sonnait comme celui du groom en uniforme à la fin des publicités à l'entracte au cinéma ; le petit bonhomme déguisé de Jean Mineur, quand on mangeait des esquimaux achetés à l'ouvreuse aux yeux verts, celle du Cinéac Ternes, une ouvreuse qui avait fait rêver un de ses copains. Ce dernier avait voulu la rencontrer après le travail. Elle l'avait éconduit. Le copain en était resté vexé. Tout le monde s'était foutu de lui.

« Merr-ci ! »

Et plus il établissait de telles comparaisons, plus il sentait la rencontre lui échapper. Il voulut se ressaisir, chasser la confusion de ses sentiments. Tout cela ne se passait pas comme il eût fallu.

— Ça n'a pas l'air de te faire grand-chose de me revoir, dit-il.

— Mais si, répondit Élisabeth, qui avait les cheveux blonds, des yeux noirs avec un brin de pistache dans la pupille droite, des lèvres longues, le v parfaitement dessiné à la jonction, sous un nez aussi parfait, et qui mesurait à peu près 1 mètre 68, ce qui, à l'époque, était grand pour une Française.

— Ah, quand même, répondit Lucas, qui avait les cheveux châtains, des yeux bleu clair, des paupières légèrement rougies par une conjonctivite chronique et qui pesait 70 kilos, ce qui, à l'époque, était un poids raisonnable pour un homme d'1 mètre 77 et quelques. Quand on lui demandait sa taille exacte, il mentait, trichait, et disait 1 mètre 80 – mais ça n'était qu'1 mètre 77. Il mentait souvent. Il le savait. Il ne pouvait s'en empêcher. Je suis un fraudeur, un faux-monnayeur. Je donne le change. Il avait déjà appris à s'autocritiquer – ce qui, aux yeux de ses amis, le rendait sympathique, voire émouvant.

Ils avaient l'air jeunes, tous les deux, on leur aurait donné, quoi, entre 20 et 23 ans. Ils s'avançaient lentement côte à côte, dans l'allée conduisant à la tour Eiffel, le long de la vaste pelouse. Vus de haut, ils ressemblaient à deux convalescents qui font un tour dans le parc d'une clinique. Marche lente, hésitante. Où va-t-on ? Ça veut dire quoi ?

Le ciel était gris, gris blanc, lavé par des pluies récentes, on pouvait voir quelques flaques d'eau, ici et là, sur le sol. Le vent soufflait de la rive droite, à la hauteur du quai de New-York. La Seine avait des couleurs de goudron. Lucas enregistrait la moindre de ces choses. Il était gagné par la certitude que tout, autour de lui, prenait une importance considérable, qu'il ne devrait oublier aucun de ces instants, cet environnement, le Champ-de-Mars, vert et calme, quelques passants, une vieille dame avec un cabas, des enfants silencieux, ces odeurs d'herbe mouillée et puis ce parfum qui émanait d'Élisabeth et qui lui était inconnu (avait-elle changé de parfum ?), ces effluves d'automne autour d'eux, il lui fallait tout enregistrer, tout posséder, tout prendre à son compte, ne rien laisser s'égarer, se volatiliser, poussière du temps, poudre de riz. Il pensait qu'il était au cœur d'un évènement capital, un tournant dans sa vie qu'il jugeait incohérente. Il avait la modestie de comprendre que, pour l'heure, il n'était pas une « grande personne ».

Lucas dit à Élisabeth :

— Alors, alors, qu'est-ce que tu deviens ?

Il se rendit compte qu'il avait déjà posé cette question mais il n'avait reçu aucune réponse. Elle prenait son temps, comme si elle jouait avec ses impatiences.

— Oh, des tas de choses, finit-elle par dire, avec une voix douce, comme murmurant. Je travaille beaucoup.

— Ah bon, qu'est-ce que tu fais ?

— Oh, tu sais, je fais des dessins, des décorations, des vitrines, je suis très occupée, ça marche très bien et j'en suis très contente, je gagne bien ma vie, ça va fort, c'est très intéressant.

Il croyait qu'elle en rajoutait un peu. Quand les gens vous disent que « ça va fort », cela veut dire que ça ne va pas tellement fort. Son ton lui avait semblé un peu mélancolique, mais il pensa aussitôt qu'il se trompait. Il s'était tellement trompé sur elle. Il l'aurait voulue malheureuse, impuissante, égarée. Et sa tranquillité le désarçonnait.

— Et pourquoi tu ne m'as jamais appelé ? J'aurais pu t'aider, peut-être, tu sais je connais des tas de gens dans tous ces milieux-là.

— Ce n'était pas la peine, dit Élisabeth.

Lucas insista :

— On aurait pu se revoir. On aurait pu recommencer.

— Ce n'était pas la peine, répondit-elle.

Une bouffée de jalousie l'envahit. Il y avait eu, il y avait, il y aurait, évidemment, quelqu'un d'autre. Il se sentait incapable de lui poser la question. Il cherchait des mots, ne les trouvait pas. Elle avait pris un mètre d'avance sur lui. Il aurait voulu qu'elle ralentisse le pas, car ils étaient déjà parvenus à mi-chemin de l'allée vers la tour et il pressentait que d'ici quelques minutes, pour toutes sortes de raisons, elle pourrait lui échapper. Les choses allaient trop vite.

Il se rapprocha d'elle et la prit par le bras, délicatement, sans trop appuyer sous le coude.

— Tu ne veux pas aller au cinéma avec moi ce soir ? dit-il.

— Non, merci, tu es gentil, je suis prise ce soir.

— Et demain soir, alors ? dit-il.

— Demain soir, non plus, répondit-elle. Je suis aussi prise.

— Tu vas toujours au cinéma aussi souvent que quand on était ensemble ? Quand je t'apprenais tout, moi le fameux cinéphile averti ?

Il pensa qu'il n'aurait pas dû dire « ensemble » ; il insista, cependant. Le cinéma avait tellement compté dans leur « ensemble ».

— Qu'est-ce que tu as vu récemment ? Tu as vu de bons films ? Tu as vu *L'année dernière à Marienbad* ? Tout le monde en parle en ce moment.

— Oui, répondit Élisabeth. J'ai trouvé ça très beau.

Tout cela se passait aux environs d'octobre 1961 et, à ce moment précis, les gens, en effet, dans certains milieux parisiens, s'agitaient beaucoup autour de ce film. Les gens qui aiment le cinéma, bien sûr. Par provocation, quand on lui posait la question, Lucas disait qu'il avait préféré *Come September*, une comédie fadasse, une bluette, un navet typiquement hollywoodien. Film américain signé Robert Mulligan avec Gina Lollobrigida et Rock Hudson, en scope couleurs. En matière de football, le Racing faisait une bonne première partie de saison. En Algérie, les tueurs de l'OAS étaient aux prises avec l'armée française. Il y avait des hôpitaux brûlés, des voitures incendiées, des gens assassinés. Les bidasses, les recrues de l'armée, qui n'avaient qu'une obsession, sortir de là et retrouver la métropole, avaient été amenés à combattre d'autres Français. Lucas n'avait pas subi cette épreuve. Son frère aîné était mort plus tôt dans cette même guerre et Lucas avait donc été exempté d'aller là-bas. Son frère s'appelait Antoine. Lucas souffrait de son absence. Il avait la pudeur de n'en point parler à ses amis. Timidité et pudeur, il tentait de les masquer par insolence et provocation. Toute une nouvelle génération de chanteurs de variétés était en train de naître, on les appelait les yéyés. Il n'aimait pas leur musique. Il préférait se réfugier dans les grands standards américains des années 30, 40 et 50. Il avait cette tendance, acquise il ne savait quand, de se référer à un passé et une culture très éloignés. Les yéyés ? Non, donnez-moi plutôt Cole Porter, Rodgers et Hart, Hammerstein. Donnez-moi les adaptations de Nelson Riddle, le son de Glenn

Miller, et pas les âneries de tous ces gamins venus de nulle part.

Lucas s'étonna qu'Élisabeth, pour une fois, reprenne le fil du dialogue.

— Ah oui, vraiment, dit-elle, je trouve ça beau, *Marienbad.*

Et elle appuya sur le « *bad* » de Marienbad. Comme ceci : « *Marien-baaad* ».

Il trouva ce « *baaad* » artificiel et imagina qu'elle en avait longuement parlé avec quelqu'un d'autre, et bien sûr, avec quel homme ? Son homme ? Elle s'était arrêtée, les yeux au loin. Il avait déclaré envers et contre tous que c'était un film insipide, à cause de son défaut puéril, cette volonté de se détacher de l'avis général. C'était un maniaque du cinéma américain. Il se tut. Il se souvenait maintenant qu'il avait sans doute emmené Élisabeth au cinéma plus de 400 fois en un an ou presque, ou plus d'un an.

Ils allaient voir au moins six à huit films par semaine, parfois plus, et il croyait lui avoir appris à aimer ce qu'il aimait, à trouver insipide ce qu'il jugeait insipide. C'était son adjectif favori. Les films étaient « insipides », ou ils étaient « géniaux ». Il croyait lui avoir imposé ses goûts et ses dégoûts. Toujours à l'arrêt, comme si elle avait longuement réfléchi, Élisabeth ajouta :

— Oh, et puis, la photo est belle, les photos sont belles.

Autrefois, il aurait protesté. On ne dit pas « les photos », on dit « la lumière », ou on dit « la photographie », et il aurait affirmé qu'au fond ce n'était pas important que les photos fussent belles. Mais il la regarda, soudain dépourvu d'émotions, il pensa que cela ne servirait à rien d'entamer de telles discussions et il s'en voulut.

— Tu n'as rien d'autre à me dire ?

Elle eut un sourire placide :

— Oh non, rien.

Il avait aimé ce tic verbal, son « oh », qui suivait ou précédait souvent ses paroles. Désormais, ce « oh » le renvoyait à leur amour ancien, et il ne parvenait pas à contenir ce mélange de jalousie, nostalgie, regret et amertume qui embrouillait son comportement. Il eut alors un geste autoritaire. Il serra plus fermement l'avant-bras d'Élisabeth.

— Allez, viens avec moi, suis-moi.

Elle résistait faiblement, il semblait vouloir l'entraîner hors de l'allée, en pleine pelouse. Il mit une sorte de mauvaise énergie dans ce geste, la prise en main, la maîtrise d'un instant. Elle le sentit, mais s'arrêta soudain, stupéfaite. Car au centre de l'étendue herbeuse, devant eux, à leurs pieds, il y avait des cadavres d'oiseaux. Trois, quatre, puis, à mesure qu'on avançait, à mesure que leur regard s'habituait, on aurait pu en compter des douzaines, voire une cinquantaine ou plus encore. Comme un champ de bataille. Une majorité de pigeons, mais aussi des étourneaux, des corneilles, des moineaux, un ou deux corbeaux.

On ne pouvait pas tous les identifier mais ils étaient là, étalés sous leurs yeux, formant une sorte d'obstacle à leur marche.

— Oh, mon Dieu, fit Élisabeth en s'agrippant au bras de Lucas. Ils sont tous morts.

Il leva la tête pour regarder la tour Eiffel au-dessus

d'eux. Il adopta alors ce qu'il appelait le « ton mécanique », imitant les « speakers » d'autrefois à la radio, avant l'invention d'une nouvelle station, Europe n° 1, dont les voix étaient devenues des voix normales. Ces inventeurs de la modernité avaient définitivement détruit cette sorte de parler déclamatoire et faux. Le ton des speakers, celui d'une décennie qui disparaissait en même temps que les « Actualités » au cinéma, c'est-à-dire quelque chose de solennel et froid, pompeux et pompier. Le son de cette radio, qui fut vite suivie par d'autres, avait contribué à l'enterrement d'une époque.

— Eh bien, voilà, dit-il, c'est le phare de la tour Eiffel qui les a tués !

« La voix mécanique », la voix obsolète. Pour Lucas, la voix obsolète consistait à soliloquer comme s'il commentait un documentaire sur la pêche au hareng en mer Baltique. Il excellait dans cette parodie. Cela avait souvent fait rire ses parents lorsqu'il vivait encore chez eux et, pendant longtemps, des amis au cours de dîners. On se lève de table, on se redresse, on prend une pause guindée, désuète. Il ne se privait jamais de « faire le zouave » dans les dîners. On force le timbre, on hache les mots, et surtout, oui, surtout ! on ne met aucun sentiment dans l'élocution. Il faut que ce soit mécanique, suranné. Le chant du speaker. Genre d'un type qui s'appelle Charles Bassompierre.

— Eh bien quoi, voilà, c'est comme ça. La tour tue des oiseaux.

Il reprit un ton familier et normal pour dire à voix douce :

— Je suis au courant de tout cela. J'ai même écrit un court papier à ce sujet.

Immédiatement, il revint à cette tonalité, ce parler qui hachait les mots, en observant de brefs silences et en scandant le rythme de cette comédie.

— Eh bien, oui, c'est comme ça – la nuit – le projecteur de la tour – balaie le ciel – et il se produit le même phénomène qu'autour d'un phare – en mer ! – Attirés par la lumière – les oiseaux sont aveuglés – et se cognent contre la tour – dans les arbres – plus bas – et ils meurent. Ils tombent morts sur la pelouse du Champ-de-Mars – c'est ça qui se passe !

Élisabeth s'agenouilla et prit un oiseau entre ses mains. Ses cheveux tombaient sur ses épaules. Il la contemplait. Pourquoi m'as-tu quitté, pensa-t-il. Encore agenouillée dans l'herbe, elle dit :

— Je t'en prie, Lucas, arrête de parler comme ça. Tout cela ne te touche donc pas ?

Elle se redressa, puis elle porta l'oiseau à ses lèvres. Elle eut une sorte de moue boudeuse. Il trouva qu'elle singeait les actrices de l'époque. C'était la moue à la Bardot, la fausse naïveté, et puis, dans un geste spectaculaire, elle relança le corps de l'oiseau vers les autres sur la pelouse. Il croyait ne voir qu'une comédie, des faux-semblants. Il l'aimait tellement encore que cela faussait son jugement. Pourquoi m'as-tu quitté ?

— Comme c'est étrange, murmura-t-elle.

Il la saisit par les deux bras, la fixant du regard. Une sorte de fureur s'était emparée de lui.

— Eh bien oui, dit-il, à voix haute, c'est étrange. D'ailleurs (et il martela les mots :) il se passe des choses étranges à Paris. (Il clama :) IL SE PASSE DES CHOSES ÉTRANGES À PARIS.

Il se mit à psalmodier devant Élisabeth, qui restait immobile, les oiseaux morts à ses pieds :

— On ne s'en rend pas compte, on est évidemment trop occupée à ses amours, n'est-ce pas, parce qu'il y a évidemment un nouvel homme, un nouveau type dans une vie, une vie qui vous va si bien – on ne se rend pas compte, mais il se passe des choses étranges à Paris ! Ainsi, l'autre soir, sur les Champs-Élysées, il devait être à peu près 22 heures et il faisait relativement chaud. Il y avait du monde aux terrasses des cafés, un dernier plaisir de la fin de l'été. Une forte odeur d'ammoniaque a commencé de flotter dans l'air, du côté du rond-point.

« Et puis l'odeur s'est rapidement répandue. Elle a monté l'avenue, aux terrasses, au Pam-Pam par exemple, les gens ont mis la main devant leurs yeux, leur nez et leur bouche, et ils se sont levés et sont partis en courant vers le haut de l'avenue pour fuir cette odeur qui déferlait. Ils couraient vers l'Étoile, l'Arc de Triomphe, le sommet. Ils pleuraient. Les chauffeurs de taxi en station au milieu de l'avenue avaient remonté leurs vitres et fait demi-tour et se dirigeaient eux aussi vers l'Étoile. Des passants fuyaient pour se réfugier dans les bouches de métro en pleurant. Les cinémas fermaient leurs portes pour empêcher l'odeur de gagner les salles. Mais l'odeur s'infiltrait partout. Tout le monde pleurait. Des hommes et des femmes en larmes ! Quel spectacle !

Il eut un mouvement théâtral pour continuer sa description, tendant ses deux bras en avant :

— On leur aurait annoncé une terrible nouvelle, une catastrophe planétaire, la bombe atomique, ils n'auraient pas autant pleuré. C'était comme si 500 personnes ou plus avaient eu, en même temps, la même peine de cœur, éprouvé le même chagrin d'amour, le même deuil. Les pompiers ont découvert le truc quelques instants plus tard. Un joint dans la tuyauterie souterraine du Palais de glace, avenue Franklin-Roosevelt, s'était rompu et le nuage d'ammoniaque avait foutu le camp pour prendre possession de tous les Champs-Él.

Il s'arrêta pour reprendre son souffle. La tristesse d'Élisabeth à l'égard des oiseaux semblait avoir disparu. Elle avait repris cet air tranquille, cette belle sérénité qui l'avait toujours ému, son air penché. Elle lui semblait inaccessible. Elle marchait à nouveau. Ils avaient quitté la pelouse et traversaient l'espace sous la tour Eiffel, pour atteindre lentement le pont d'Iéna qui mène aux bassins et jardins du bas du Trocadéro. Il sentait qu'il allait la perdre.

Alors, il augmenta le rythme artificiel de son discours :

— Oui, oui, il se passe vraiment des choses étranges à Paris. L'autre soir, il était 20 heures, 20 heures et quelques, il ne faisait pas beau du tout. Il pleuvait même à verse. Il pleuvait, figure-toi ! Mais vraiment ce qu'on appelle de la pluie. Le gros machin, la déferlante ! On a cru qu'une partie de la ville perdait le contrôle d'elle-même, tant les trombes d'eau se déversaient sur les gens. Dans certains arrondissements, ou tout du moins dans neuf d'entre eux, toute l'électricité s'était arrêtée. Et pas seulement l'électricité, mais toutes les sources d'énergie. Arrêt du métro. Dîners à la chandelle. Cuisinières en panne. Pas de télé, pas de radio, pas de frigidaires. On ratait des trains, des avions, des rendez-vous, sans doute des amours… sans doute. Il paraît même que l'avion de De Gaulle a été retardé de 26 minutes à cause de problèmes à la tour de contrôle aérien d'Orly. La circulation, je ne t'en parle même pas. Les feux rouges ne fonctionnaient plus, les bornes lumineuses, les lampadaires s'étaient éteints d'un seul coup comme tout le reste. Il fallait plus d'une heure pour aller en bagnole de Denfert à la porte d'Orléans, plus d'une heure ! Les voitures embrassaient les platanes, les automobilistes se rentraient dedans comme dans les manèges d'autos-tamponneuses.

« Tout cela avait démarré à cause d'un gigantesque court-circuit à la centrale Arrighi à Vitry. Des têtes de câble qui avaient explosé comme ça, on ne sait pas pourquoi, et avaient provoqué ce qu'on appelle en artillerie un "phénomène de sympathie".

Il s'arrêta et la regarda.

— Ça t'intéresse ce que je dis ? C'est mon métier de savoir le pourquoi des choses. C'est ça, le journalisme, c'est ça que je fais maintenant. Je rapporte des faits. J'informe.

Elle continuait de marcher lentement et sans répondre. Elle avait du mal à répliquer. Elle n'avait pas prononcé un seul mot depuis son « comme c'est étrange », qui avait déclenché le petit délire verbal de Lucas. Elle voyait bien pourquoi il s'agitait autant. Elle se disait que leur histoire était celle d'un rendez-vous manqué car, si elle continuait d'éprouver une sorte de tendresse pour lui, pour son caractère, pour la singularité de sa personne, ce qui l'avait fait l'aimer et ce qui, encore, la rendait indulgente, Élisabeth avait atteint une autre rive.

Elle continuait de marcher. Ils avaient beaucoup marché ensemble, autrefois.

— C'est étrange tout cela, répétait-il en faisant des grands gestes circulaires des bras. C'est étrange !

Les gens, les passants, le regardaient. Il sentait bien qu'il était risible, mais l'amour disparu le poussait à ces excès. Il ne faut pas juger Lucas trop sévèrement. Tout ce qu'il disait et faisait n'avait qu'une source, le dépit amoureux. Alors, il continuait :

— Il y a des tas de choses graves qui se passent tous les jours. Les gens ne s'en rendent pas compte. Ils sont trop occupés à leurs petites histoires, leur couple, leur bonheur, leur succès comme les bonbons qu'on suce, leur vie inutile. Par exemple, les feuilles du marronnier du jardin du Luxembourg sont pelucheuses. Tu connais ce mot : "pelucheuse" ? Ces arbres ont plus de 100 ans. Alors bien sûr, on va les abattre. Leurs troncs sont atteints par la nocivité du goudron. Un jour ou l'autre, ils pourraient s'écrouler sur les enfants en train de jouer. C'est déjà arrivé, il y a un an, au parc Monceau. Alors donc, on va les couper ! On va les remplacer par des tilleuls argentés. C'est plus robuste et il paraît que ça dure plus longtemps. Tout le monde dit que ce sont de très beaux arbres et qu'on n'y perdra pas au change, moi je veux bien, mais abattre des marronniers anciens au Luxembourg, ça ne va pas plaire à tout le monde, n'est-ce pas ? N'est-ce pas, Élisabeth ? Mais tu m'écoutes ?

Elle le regarda. Elle ralentit. En parlant, il avait admiré son profil à la dérobée, son nez, ses lèvres, la finesse de ses cheveux si blonds, un jour il avait appelé cela « le blond Racing », le blond des clubs de tennis, le blond qui séparait les classes sociales, et elle lui avait dit à l'époque qu'il devait abandonner ce genre de remarques. C'était insultant. Il l'avait écoutée. Elle était plus mesurée et plus mûre que lui, et il lui en était souvent reconnaissant : « Tu m'en apprends tous les jours », lui disait-il, lorsque leur couple allait bien. Maintenant, il était habité par une tenace sensation de regret. Elle ne bougeait plus. Il s'agitait d'autant plus :

— Et puis il y a les pigeons !

— Je t'en prie, Lucas, ça n'a pas beaucoup d'intérêt, on pourrait parler d'autre chose, non ?

Il insista, pourtant :

— Les pigeons ? Ils font caca partout, c'est bien connu, ils chient partout, ces connards. On ne s'en rend pas compte, ils sabotent les horloges de Paris. Il reste encore à peu près 250 horloges mécaniques anciennes à Paris, tu le savais, ça ? Il faut les nettoyer et les remonter. Si trois pigeons se posent pendant trente minutes sur la grande aiguille d'une horloge, ça peut provoquer un retard d'au moins un quart d'heure. C'est fatal, avec leur fiente, ils entravent complètement le système, ils sabotent le mécanisme. Alors si tu es en retard pour ton rendez-vous avec ton type, parce qu'il y en a un, c'est évident, forcément, n'est-ce pas, parce que tu en as certainement un, de type, c'est dans l'ordre des choses, eh bien tu arriveras en retard, et si tu arrives en retard c'est à cause de la colique de ces 250 putains de pigeons. C'est étrange, non ? Tu vois, mon métier, c'est de rapporter tout cela, tout ce qu'on raconte, et ce sont les remonteurs d'horloges de la Ville de Paris qui m'ont livré ces informations.

Élisabeth haussa les épaules. Il criait presque, maintenant, faisant d'amples mouvements des bras et des mains. Les gens se retournaient sur cet « exalté », comme on écrit dans les rapports de police. Cet « énergumène », comme on écrit aussi dans les pages de faits divers d'un tabloïd matinal, la presse populaire, où il venait de faire ses débuts. Il était devenu un spécialiste des petites anecdotes triviales, des bruits de la ville. Il en tirait une grande fierté. Enfin un job, un vrai ! Et ce n'était qu'un début. De petit reporter, il deviendrait grand, il traverserait les océans, il connaîtrait le monde. Il couvrirait les conflits et les sommets politiques internationaux. Il côtoierait les stars. Il serait ce qu'il rêvait d'être. Mais il n'était pas dupe de ces rêves. Lucas, par intermittence, savait faire la part de l'ambition et de la réalité. Se serait-il exprimé ainsi, il aurait peut-être pu sauver son lien avec Élisabeth. Mais il s'était laissé gagner par ses petits démons.

Il prit une respiration. Tant pis, pensa-t-il, je sens que je vais faire une connerie, mais c'est plus fort que moi, je vais jusqu'au bout :

— Tu pourras lui raconter tout cela, au type, quand vous aurez baisé. Car j'espère qu'il te baise bien, au moins.

Élisabeth s'arrêta. Elle virevolta sur elle-même, toisant

Lucas. Se rapprochant de lui. Il ne l'avait jamais trouvée aussi belle. Elle parla avec froideur, la voix glacée, autoritaire. Une maîtresse d'école.

— Décidément, mon pauvre Lucas, dit-elle, non seulement tu manques de classe, mais tu seras toujours aussi dingue. Je te laisse. Surtout, tu ne me suis pas. Tu me fiches la paix. Au revoir.

Elle parlait avec fermeté, en le dévisageant de la tête aux pieds :

— Mon pauvre Lucas, nous n'avions pas besoin d'en arriver là.

Sa voix s'était radoucie.

— On s'est aimés. C'était bien. Ce n'est pas la peine de tout gâcher, une fois de plus.

Il murmura :

— Pardonne-moi.

Elle répondit :

— Bien sûr, mais tout cela prouve que notre rendez-vous n'a pas de sens. On s'est déjà quittés. On se quitte encore. Oublie-moi.

Puis elle lui tourna le dos et partit d'un pas pressé. Il resta sur place, les bras le long des hanches, cloué, démuni, désenchanté, pliant sous le poids de la conscience de ses erreurs, au point que les yeux lui piquaient un peu. Il avait déjà senti des larmes lorsqu'il l'avait reconnue, de dos, traversant la place Joffre un peu plus tôt, une heure auparavant, mais ce n'étaient pas les mêmes larmes. Enveloppé de tristesse, il n'éprouvait pas le plaisir des chagrins trop amers. Il n'avait pas encore lu Proust. Il avait assez d'intelligence pour attribuer tout cet « évènement » à une adolescence dont il n'était pas encore sorti. Il paraît que l'adolescence s'arrête à 24 ans. « L'amour est sur l'intelligence d'un homme comme le feu d'une barque sur la mer. » Sa propre barque avait donc brûlé ?

Cette fois, pensa-t-il, je l'ai définitivement perdue.

II

C'était une année riche en évènements de tout genre. On avait ouvert le procès du criminel nazi Adolf Eichmann. Un homme avait été lancé dans l'espace par l'URSS. Il s'appelait Gagarine. Jacques Anquetil avait remporté le Tour de France pour la deuxième fois. Blaise Cendrars était mort. Un quadragénaire séduisant, J. F. Kennedy, était devenu président des États-Unis, succédant à un ancien général aux tempes grises, Dwight D. Eisenhower – celui-là même qui avait conduit la force alliée du 6 juin 1944. À Paris, la Simca 1000 et la Renault 4 avaient été les grandes curiosités du Salon de l'automobile.

Un jeune homme sympathique mais malhabile se tenait debout sur le pont d'Iéna, entre la tour Eiffel et le Trocadéro, partagé entre la mélancolie et la lucidité. Il n'était pas encore tout à fait capable de doser et d'analyser les pulsions dues à sa jalousie et à un ressentiment d'amoureux éconduit. Il ne savait rien de la vie, ou presque. Cependant, la vie avait déjà écrit, pour lui, des lignes de conduite : la perte de son frère Antoine l'avait poussé vers une sorte de solitude, comme un besoin poignant d'amour et de reconnaissance. Ce besoin justifiait-il ses bévues face à Élisabeth, son comportement absurde, proche de l'autodestruction ? À vous de juger.

Il regardait une silhouette, celle d'Élisabeth, cette veste rouge si visible, au loin. Elle s'apprêtait à monter dans un autobus à plateforme.

Ça existait encore, ces véhicules. C'étaient des engins merveilleux. On pouvait courir après et sauter sur les plateformes occupées par des gens avec lesquels on bavarderait peut-être. On pouvait aussi discuter avec le contrôleur, doté d'une casquette. On pouvait actionner une sonnette pour signaler qu'on descendrait au prochain arrêt. Utiliser ces autobus était une forme de sport, de liberté, toute la jouissance consistait à s'élancer pour se hisser sur la plateforme, c'était un beau geste et un passe-temps. De même, on sautait pour quitter l'autobus alors qu'il était encore en mouvement. Parfois, les passagers, restés sur la plateforme, applaudissaient la façon dont vous aviez atteint le sol. C'étaient des plaisirs simples.

De loin, il vit Élisabeth dans sa veste rouge. Elle s'installait à l'intérieur d'un autobus. Tu ne peux pas la laisser partir comme ça, pensa-t-il. Il faut savoir où elle va. Il héla un taxi :

— Vous êtes libre ?

— Bah oui, vous voyez bien.

Il monta dans la voiture noir et rouge :

— S'il vous plaît, pouvez-vous faire demi-tour et vite rattraper cet autobus qui est derrière nous là-bas, pour le suivre ? Mais en même temps, s'il vous plaît, pas de trop près, si possible.

Le chauffeur du taxi était jeune, un visage constellé de taches de rousseur, il portait une petite moustache, un blouson en velours brun sur une chemise blanche. On pouvait voir ses yeux arrondis et amusés dans le rétroviseur. Il effectua la manœuvre :

— Mais vous jouez à quoi là, monsieur ? On est dans un film policier ?

Lucas répondit :

— Je vous en prie, faites ce que je vous demande, je vous paierai tout ce qu'il faudra. Mais surtout faites en sorte qu'on ne vous remarque pas.

Le conducteur :

— Très bien, monsieur, on va essayer, c'est marrant, votre truc. Ça s'appelle comment ?

Un instant la dérision l'emporta et Lucas se dit : Il a raison, le taxi moustachu, je me prends pour Humphrey Bogart, je joue un jeu.

— *Follow that car !*

Lucas appartenait à cette génération que le cinéma avait profondément influencée, voire façonnée. Au lycée, il séchait les cours du matin pour aller à la première séance de 10 heures dans une petite salle des Champs-Élysées, jouxtant la grande qui deviendrait le Normandie. Encore plus tôt, tout gamin, il lui était arrivé de s'identifier entièrement à des personnages de films. Ainsi, au sortir de *Red River*, de Howard Hawks, avec John Wayne et Montgomery Clift, il avait été subjugué par la beauté quasi féminine de celui qu'on appelait déjà « Monty ». À la fin de la projection, en quittant la salle, sur le trottoir, il considérait qu'il *était* Monty Clift. Il éprouvait cette sensation dans tout son corps d'enfant et il sentait que son visage s'était transformé en celui du héros de Hawks. Clift ? Sa suavité, la trace délicate de ses sourcils, cet alliage de virilité et de fragilité, la séduction même – eh bien, Lucas était tout cela, il portait ce masque. Dans la rue, aux côtés de son grand frère qui l'avait emmené – « Viens on va au ciné, je vais te faire voir un vrai beau western », – Lucas, tout juste 10 ans, marchait tel un somnambule, singeant le déhanchement mystérieux des hommes qui portent des bottes aux talons biseautés et ont passé leur vie sur des selles de cheval. Il avançait dans son fantasme. Je suis Montgomery Clift ! Et j'ai terrassé John Wayne.

— Qu'est-ce que t'as, mon petit Lucas, mon Luc, ça va pas ? T'es pas bien ?

La voix un peu rauque de l'aîné l'avait fait revenir à la réalité.

— J'ai rien.

— Tu marches curieusement. Arrête de faire le clown. Arrête de faire le zouave. On rentre à la maison.

Pas plus que ses parents, Lucas ne pourrait jamais se remettre de la mort du grand frère, tué fin 50 pendant les premières années de la guerre d'Algérie. C'était le fils aîné. Il était le grand espoir du père. Au retour de l'armée, le père imaginait qu'il ferait encore une « grande école » (il était déjà bardé de diplômes), qu'il entrerait en politique, qu'il deviendrait président de la République. Lucas levait la tête pour le regarder et l'admirer. C'était l'aîné ! Il avait dix ans de moins que lui, ses parents avaient tardivement décidé d'avoir un deuxième enfant. Antoine n'était pas revenu de la guerre, Lucas en avait été exempté. Alors, il avait quitté « la maison » – l'appartement de ses parents, impasse Camoëns, dans le 16e arrondissement, vers l'âge de 18 ans. La tristesse qui régnait dans cet appartement à chaque heure du jour et de la nuit lui était devenue insupportable. Il vivait depuis dans une chambre étroite, au 7e étage d'un immeuble de la rue de Sèvres, pas loin de la rue de Babylone. Il fallait monter à pied les dernières marches, l'ascenseur s'arrêtait au 5e. L'escalier se rétrécissait à mesure qu'on accédait au long couloir étroit avec une enfilade de ce qu'on appelait des « chambres de bonnes ».

Lucas avait commencé à gagner de quoi vivre, libre, en évoluant rapidement de job en job. Il s'était découvert une capacité de s'adapter à tous les milieux : une boutique de vêtements, une grande librairie, les bureaux d'une agence de voyages, la salle de rédaction d'une revue de cinéma. Il bougeait. Il avait rencontré Élisabeth à la sortie d'une « boum » ridicule chez la fille d'un avocat, dans un appartement de l'avenue d'Eylau. Elle l'avait trouvé drôle et impertinent, curieux et différent. Surtout, attendrissant par sa naïveté, qu'il s'efforçait de masquer, sa vulnérabilité qui l'avait touchée.

Il émanait de cette jeune femme une sorte de rayonnement, venu sans doute de la grâce de ses mouvements, la limpide beauté de son visage, le scintillement des yeux, les pommettes hautes. Elle avait des jambes longues.

Elle l'avait accepté dans son propre studio de la rue Scheffer. Ils étaient donc « ensemble ». Cela avait duré un peu moins de deux ans. Un jour, Élisabeth lui avait dit :

— C'est fini. Je m'en vais et tu t'en vas, ou plutôt c'est toi qui t'en vas.

Il avait dit :

— Mais quoi ? Qu'est-ce que je t'ai fait ?

Elle avait dit :

— Rien de particulier, mais je ne me reconnais plus avec toi, et j'ai besoin de liberté. Je ne t'aime plus comme j'ai pu le faire. C'est aussi bête que ça !

— Ce n'est pas "bête", lui dit-il. C'est douloureux, c'est cruel.

— Peut-être, Lucas, peut-être. Tu vas peut-être un peu souffrir, mais je crois que c'est mieux pour nous deux. Tu verras, plus tard, tu verras que c'était le moment.

— Je ne t'en voudrai pas. Je continuerai à t'aimer.

À nouveau, à ces paroles, Élisabeth l'avait jugé « attendrissant », mais sa résolution était prise. Il s'en sortirait, jugeait-elle. Elle revenait souvent à l'idée du « rendez-vous manqué ». C'était devenu une idée fixe : « Nous ne sommes pas faits l'un pour l'autre. En tout cas, pas à nos âges. » Elle avait plus de sagesse que lui. Plus de secrets, aussi.

Lorsqu'une femme choisit de rompre, elle agit avec une détermination, une énergie quasi féroce, des gestes précis et concrets, les preuves tangibles du non-retour. Les hommes sont plus lâches. Ils ont peur de la solitude. Leur faiblesse est là. Ils ne partiront que s'il y a une autre femme qui attend quelque part, dans la rue arrière, la *back street.* Sinon, ils resteront. Il est rare que l'on rompe sans qu'il y ait quoi que ce soit, ou qui que ce soit, qui vous attende. Les femmes en sont plus capables que les hommes. Cette sorte de départ stupéfie les hommes, les vexe. Ils chavirent dans l'interrogation. Eh quoi ? Je ne vaux donc rien ?

Lucas dit à Élisabeth :

— Dis-moi, il y a quelqu'un d'autre ?

Elle avait été expéditive :

— Il n'y a personne d'autre et nous avons assez parlé tous les deux, trop parlé, surtout toi. C'est fini. Tu ne peux pas m'en vouloir – pas plus que je ne t'en veux de tes maladresses et contradictions. Il faut se quitter dans le souvenir de ce qui a été bien, et sans rancœur, je t'en prie.

— Très bien, avait-il dit, très bien.

Elle avait déposé les deux valises de Lucas sur le palier du studio de la rue Scheffer et fait changer les serrures. Partie chez « des cousins en Bretagne ». Il en était resté abasourdi, incapable de réfléchir, douloureux, mais conscient. Je la retrouverai un jour, je la gagnerai à nouveau.

Il avait rejoint la chambre de bonne de la rue de Sèvres. Il avait entamé une série de piges pour des revues de cinéphiles, l'une d'entre elles créée par un garçon aux cheveux plaqués noirs et au visage en lame de couteau qui, plus tard, ferait fortune en rachetant tous les films français des années 30, 40 et 50. Lucas avait développé un tissu de relations parfois épisodiques, sautillant d'une amitié à une autre, d'un emploi à un autre, sa nouvelle solitude lui permettait une grande disponibilité, ce qui facilitait la création de liens sociaux et professionnels. Il savait séduire. Il avait du charme, un sourire, la force de sa jeunesse. Il sentait que cela venait, qu'il perdait son adolescence. Il se dirigeait, croyait-il, vers quelque chose de sérieux, un point d'attache, enfin ? Mais il ne pouvait s'empêcher d'interroger les amis communs qui avaient connu leur couple et avec lesquels il y avait eu des dîners, des verres, des sorties au ciné, parfois même des week-ends chez l'un ou l'autre, tous témoins de ce qu'il avait cru être une histoire d'amour partagé, durable, un couple, quoi. Il ne rencontrait qu'indifférence et, parfois, lassitude.

— Fous-nous la paix avec Élisabeth, lui avait dit un soir un type déjà marié, et déjà père de famille. J'ignore ce qu'elle devient. Oublie-la, tu veux ?

Le type s'appelait Pascal. Il importait des vêtements militaires américains, ce que l'on appelait des « surplus ». Il avait déjà ouvert deux boutiques rue La Boétie. Dans une autre artère, rue Pierre-Charron, un autre garçon, David, s'était spécialisé dans la vente de chaussettes américaines, les Burlington. Ça marchait très bien pour Pascal. Ces jeunes gens voguaient sur la déferlante d'une nouvelle génération, avide de consommer, au seuil des Trente Glorieuses, fascinée par tout accessoire américain. La progression de Pascal vers la prospérité lui avait conféré une certaine morgue, il ne se privait pas de trancher sur tout et sur rien :

— Il faut s'y faire, tourne la page, mon pote. Tu veux que je te parle crûment : tu fais chier la terre entière avec ton amour disparu. Tourne la page, parle d'autre chose.

Lucas avait fini par se rendre à l'évidence. Il ne prononcerait plus le prénom d'Élisabeth. Il allait de soirées en dîners, papillonnait dans le journalisme avec un certain talent. Des piges, des « échos », de quoi pénétrer un univers et s'y faire une place. Il n'était pas encore conscient que la rupture, d'une certaine manière, l'aidait dans sa maturation. Ce « rendez-vous manqué » était un rendez-vous nécessaire. Lucas finirait bien par s'en rendre compte.

III

L'autobus s'arrêtait à intervalles réguliers. Le taxi ralentissait, observant les consignes de son passager. Cela dura longtemps. Le chauffeur s'habituait et semblait s'amuser de cette poursuite, ou plutôt cette filature. Ils traversèrent ainsi une bonne partie de Paris, passant de la rive droite à la rive gauche, puis retrouvant la droite pour grimper ensuite jusqu'aux abords des portes de la ville et atteindre la station du cimetière du Père-Lachaise :

— Stop ! Attention ! Je vois qu'elle va descendre.

— Je comprends rien à votre truc, monsieur, moi j'en ai marre et j'arrête. Vous me devez 45 francs, lui dit le chauffeur de taxi moustachu aux taches de rousseur.

— Bien sûr, dit Lucas, bien sûr. Je vous règle. Voilà. J'ai 50 francs, voilà, vous pouvez garder toute la monnaie.

— Merci, répondit le chauffeur, et bonne chance, monsieur !

Il sortit et faillit trébucher sur le trottoir. Je suis assez grotesque, se dit-il à voix basse, mais au moins je m'en rends compte. Il entama alors ce qu'il fallait appeler une « vraie filature ». Il s'agissait de rester assez loin, de se confondre avec quelques passants qui marchaient dans la même direction vers le cimetière, mais il ne fallait pas perdre Élisabeth de vue. Il n'avait jamais fait cela de sa vie. Il était concentré. Le rouge de la veste facilitait les choses. Ils s'engagèrent dans les allées. Il ralentissait, préférant s'immobiliser, redoutant qu'elle ne se retourne et ne le reconnaisse. Cela l'humilierait une nouvelle fois. Il s'appuya contre un hêtre, dissimulant son corps derrière l'arbre. L'odeur du hêtre l'incommoda soudain. Tu vas avoir un malaise, se dit-il, reprends-toi ! Il pouvait suivre Élisabeth des yeux. Elle s'était arrêtée. Elle se tenait debout devant une tombe. Il s'habitua à la fragrance de l'écorce de l'arbre, finissant par y trouver une sorte de sérénité. Bouge pas, fais gaffe, prends ton temps. Respire.

Le cimetière le renvoyait à la mémoire d'Antoine, le grand frère qui lui aurait dit, sans doute, à cette occasion, comme il lui répétait souvent : « Arrête de faire le clown, Luc. Arrête de déconner. »

La jeune femme en veste rouge s'éloigna vers une sortie annexe. Il attendit. Il voulait laisser passer suffisamment de temps pour être certain qu'Élisabeth ne reviendrait pas sur ses pas. Il aurait eu honte d'être découvert. Car il jugeait très bien son propre comportement. Il avait la sensation qu'à mesure que la journée avançait, il gagnait en clairvoyance et en connaissance de soi. Je l'aime et l'aimerai toujours, mais je vais peut-être enfin grandir.

Il comptait les minutes. Il finit par s'avancer et

s'approcher de l'endroit précis devant lequel elle s'était immobilisée quelques instants plus tôt. C'était une pierre tombale très simple, rugueuse, sans pot de fleurs, sans rien autour. Rien d'autre qu'une inscription au centre de la pierre :

THOMAS PESHKOW

1926-1960

Lucas, déconcerté, perdu dans l'ignorance de ce « Thomas » devant lequel s'était inclinée Élisabeth, s'interrogeait.

— D'où vient ce nom ? C'est un Russe ? Un Polonais ? Mais qui était-ce ? Il avait quel âge, 34 ans ? Elle l'a aimé, ou quoi ?

Une vague de mélancolie, quelque chose de noir et d'opaque, l'envahit. Qu'est-ce que je fais là, qu'ai-je fait de ma vie jusqu'ici ? Cet inconnu, cette énigme, ce « Thomas », lui faisait mesurer les inévitables secousses du temps qui passe, casse et efface. Un désordre de sensations et d'images affluait. La saveur des petites choses, quand tout était mieux, quand on était plus jeune, le parfum d'une femme, cette veste rouge, le souvenir des moments d'amour partagés, de complicité, ils en avaient eu, tout de même ? Et puis, revenaient à la charge l'insignifiance de ses gestes et de ses paroles, le souvenir immédiat de ses risibles tirades sous la tour Eiffel. Il avait eu tout faux. Il avait perdu toute harmonie, tout équilibre, tout cela avait été emporté par un vent qui ne soufflait pas, une pluie qui ne tombait pas.

Il faisait face à la réalité de la solitude. Comme saisi par une certitude : C'est comme ça, tu n'y peux rien. Il pensa qu'il fallait attendre, il fallait que ça s'en aille. Ça prendra du temps mais j'y arriverai. Il tourna le dos à la pierre tombale. Ça va, se dit-il, enfin, au bout de quelques longues minutes, c'est bon, oublie tout. Par je ne sais quelle ressource qu'il ignorait posséder, il lui vint une exigence de dérision, un besoin d'ironie à son propre égard. C'est une vertu qui permet de prendre du recul sur vous-même. Une vieille chanson de Louis Prima émergea brusquement dans le trouble de ses sentiments, le petit cahot irrationnel de sa conscience.

« *I am just a gigolo... Everywhere I go, life goes on without me.* »

Il se souvint qu'il l'avait fait découvrir à Élisabeth. Volubile, il s'était embarqué dans une de ces démonstrations qu'il faisait narcissiquement, à tort et à travers, et qui souvent pouvaient fatiguer ses proches.

— Si tu suis bien ce texte, le type est désespéré. Il dit quoi ? "*I ain't got nobody*", "Je n'ai personne". Sous couvert de rythme, d'onomatopées rigolotes et de trompette et de jazz, on a affaire là, figure-toi, à un véritable chant de tristesse humaine. De détresse. C'est pathétique, mais c'est sublime.

— Arrête, avait dit Élisabeth, tu vas trop loin, ça n'est qu'une chanson, rien de plus.

— Mais non, je t'assure, c'est bien plus que cela. Faut comprendre ! Je me suis renseigné, j'ai enquêté. Ça ne date pas d'hier, ce "gigolo". Il faut savoir que ça a d'abord été un tango qui a été composé à Vienne en 1929 par un Italien, les paroles sont d'un Autrichien. En fait, il s'agit de l'histoire d'un officier des hussards, à la suite de la défaite de l'Autriche en 1918. En une seule phrase, il explique qu'il est foutu, qu'il a tout perdu, comme son pays. Et pour survivre, il fait le taxi-boy, le "gigolo", ce qui explique le titre de la chanson. Tu comprends ? Il dit :

When the end comes I know
There was just a gigolo
"Quand la fin viendra, je sais,
Il n'y aura rien eu d'autre qu'un gigolo"

Eh bien, c'est très important.

Élisabeth lui avait répondu :

— Ça va, j'ai compris, et je parle anglais, imagine-toi. J'ai compris les paroles, ça va, Lucas.

Il avait insisté avec cette énergie inutile, sa volonté de faire passer l'une de ses théories (« Toute chanson est une leçon », disait-il souvent) :

— C'est vachement important. Et dans "*I ain't got nobody*", qu'est-ce qu'il dit, cet homme ? Tu l'as bien écouté ? Il dit : "Je n'ai personne". Il dit : "Je ne suis pas si mal que ça", "*I ain't so bad*". Il dit : "Je suis triste et solitaire", "*sad and lonely*". Eh bien voilà, c'est tout simplement la faiblesse d'un destin brisé, c'est en quelques notes et quelques mots toute la condition humaine, et c'est génial.

Élisabeth :

— Mais oui, mais oui, c'est génial. La "condition humaine", tu parles sérieusement ?

L'air et les paroles tournaient obsessionnellement dans la tête de Lucas, figé sur le gravier du Père-Lachaise. Il y voyait une raison : à force d'essayer de jouer le pygmalion d'Élisabeth, il l'avait lassée, rebutée. Il se souvenait maintenant de façon précise qu'elle lui avait signifié leur séparation au lendemain de l'épisode de Louis Prima, l'épisode du gigolo. « La condition humaine ! » Ce n'était pas la première fois qu'il lui faisait la leçon sur tout, en particulier sur le cinéma. Elle en a eu assez, j'ai trop fait le clown, comme me le reprochait régulièrement Antoine. Et il avait raison. C'est une leçon, tout ça. Apprends de tes leçons, mon vieux, apprends ! Il n'avait pas encore lu Yourcenar : « Quoi qu'il arrive, j'apprends. Je gagne à tout coup. » Il avait gagné quelque chose, mais il ne le savait pas encore.

Un goût d'inachevé dans la gorge, Lucas parcourut du regard le cimetière aux trois quarts désert. Le jour commençait de tomber en douceur, comme feuille d'automne.

Cette fois-ci, je crois bien l'avoir définitivement perdue, se dit-il. Il avait déjà prononcé la même phrase, quelques heures plus tôt, sur le pont d'Iéna.

Il éprouva une certaine difficulté à sortir des allées du Père-Lachaise. Il parvint devant la terrasse d'un bistro de l'autre côté de la rue. Il y a toujours des bistros à proximité des cimetières. Les gens se retrouvent, boivent un verre, mangent du saucisson. Il voulut se mêler à un groupe disparate qui venait, visiblement, de dire adieu à un ou une proche. Il recueillait des bribes de phrases. Il y avait plus d'hommes que de femmes, des types dans la quarantaine. Il s'intéressait à eux, soudainement, comme s'ils étaient des proches. Il écoutait leurs propos :

— C'était un type formidable. Moi, je l'ai connu au bureau, on avait le même supérieur, un imbécile.

— La pauvre Cécile, qu'est-ce qu'elle va devenir sans lui ?

— Tu te souviens comme il imitait bien Fernandel ?

— Je me souviens surtout qu'il m'a aidé quand on nous a tous virés de la boîte. J'ai même dormi chez eux, rue du Commerce, Cécile m'avait installé sur leur canapé.

Ça buvait beaucoup de vin rouge, de bière. Il avait l'impression, en écoutant et regardant ces gens, de s'arracher à ses propres interrogations et de s'en détacher. Il doit y avoir un secret, pensa-t-il, mais je ne le connaîtrai pas, c'est quelque chose d'inguérissable. Il y a un mystère d'Élisabeth. Le connaîtrai-je jamais ?

Il finit par quitter le bistro, non sans avoir souri à deux ou trois personnes qui croyaient qu'il appartenait à un groupe, venu enterrer quelqu'un d'autre, qui pénétrait dans la salle. Ça devenait étouffant.

Il se dirigea vers le bruit de la rue qui revenait

lentement, il avait eu l'impression de vivre tout cela comme enfermé dans son propre silence, son soliloque intérieur.

Je devrais partir ailleurs, pensa-t-il, faire quelque chose qui me sortira de cette ville, ce pays, partir six mois, ou peut-être beaucoup plus longtemps encore.

Marcel Proust : « Il y a des moments de la vie où une sorte de beauté naît de la multiplicité des ennuis qui nous assaillent. »

Un vent venu de l'Atlantique accompagnait le crépuscule lumineux dans le ciel de Paris. C'était l'année 1961. L'acteur américain Gary Cooper était mort, comme l'écrivain Céline et Ernest Hemingway, qui s'était suicidé d'un coup de fusil de chasse dans la tête, dans l'Idaho. C'était très tôt le matin. Ernest portait une robe de chambre et le fusil était un Boss à double canon, il ne pouvait pas se rater. La France procédait aux premiers essais nucléaires dans des hangars souterrains en Algérie. Des garçons et des filles venaient de naître. Ils s'appelaient Daniela Lumbroso, Pascal Olmeta, Tonino Benacquista, Nagui. Trois mille agriculteurs en révolte prenaient la sous-préfecture de Morlaix. En février, une éclipse solaire totale avait été visible dans le Sud. L'année avait commencé un dimanche et s'était terminée un dimanche. Le général de Gaulle avait échappé à un attentat à Pont-sur-Seine. Un jeune homme faisait ses valises.

Lucas s'en alla vers l'ailleurs, après avoir prévenu ses parents. Il leur promit qu'il reviendrait les voir souvent. Il avait amassé un petit pécule grâce à ses nombreuses piges et un gain surprenant au poker chez des amis, les neveux d'un producteur de cinéma qui se suiciderait plus tard à Saint-Tropez devant la porte fermée d'une amoureuse qui l'avait largué. C'était un homme brillant, célèbre, qui avait connu des moments de grande fortune, des années de réussite. En voyage, il emportait dans ses valises deux petits tableaux de Renoir qu'il installait sur sa table de nuit au Pierre ou au Plaza, à New York, ou au Beverly Hills Hotel à Los Angeles, afin d'impressionner ses visiteurs lorsqu'il les recevait pour un deal de distribution ou de coproduction. Il avait connu de graves échecs, accumulé les épreuves et les ennuis judiciaires et financiers. Sa vie glorieuse avait tourné au fiasco quotidien. Dépressif, surendetté, il s'était épris d'une jeune Eurasienne qui l'avait laissé tomber. Il s'était présenté, un matin, devant sa chambre d'hôtel, à La Ponche, un fusil à la main. Il avait tambouriné à la porte. Il sentait bien qu'elle était juste derrière. Il l'avait presque entendue respirer.

— Ouvre-moi, ouvre-moi !

Et il avait ajouté :

— Si tu n'ouvres pas, je tire.

Elle :

— Eh bien vas-y, tire !

Le père de Lucas lui avait donné deux adresses d'hommes d'affaires vivant à New York. Il fallait y aller. Jacques Brel avait écrit un jour : « Faut aller voir. »

SECONDE PARTIE

Deux gimlets sur la 5ᵉ Avenue

2001

I

Elle l'aperçut alors qu'il marchait sur le trottoir côté ouest de la 5e Avenue et s'apprêtait à traverser au croisement de West et East 57e Rue pour se diriger vers une entrée de Central Park, devant laquelle stationnaient habituellement les carrioles à chevaux pour touristes. Mais il n'y avait aucun touriste. On était en 2001. Les cendres des Twin Towers étaient encore brûlantes.

Elle avait reconnu son dos, immédiatement. Les hommes, leur dos, il a beau subir avanies et décennies, il a beau se muscler, puis, avec le temps, un peu se dénouer, on le reconnaît même de loin, en plein Manhattan. Au cœur de la cité, après les premières semaines d'effroi – après le viol collectif d'une ville et d'une nation –, les passants recommençaient à fréquenter le Park, mus par la certitude de leur survie, le goût de la vengeance, un rebond patriotique qui les habitait, hommes ou femmes. Ils vivaient l'instant, sidérés. La bascule des évènements les avait tous saisis. Habiter Manhattan, comme le reste de la ville, c'était vivre sur une île. Tous les ponts avaient été fermés ce jour-là. *No way out.* On ne sort pas.

Il marchait assez vite. Elle l'avait toujours connu marchant vite. On était en plein novembre, et l'été indien arborait ses fameuses couleurs, quoi qu'il ait pu arriver, elles étaient là, les couleurs, le jaune, l'orangé, le pourpre tirant sur le violet, mais vous n'éprouviez pas la même jouissance de ce moment si particulier, cette sublime saison qui avait suscité littérature, cinéma, musique, cet instant suspendu du temps que l'on aurait dû aimer mais qui, cette année-là, paraissait presque indécent, inacceptable. Il ne faisait pas trop frais, le ciel était pur, de ce bleu au-dessus des eaux de l'Hudson, ce bleu que deux Boeing avaient transpercé en s'écrasant sur les symboles du pouvoir et de l'argent américain. Sur les Tours de l'Occident.

Elle pressa le pas, se surprenant à passer une main dans ses cheveux à demi argentés. Ça se parle comment, deux êtres qui se sont aimés et ne se sont pas revus depuis quarante ans ? Quand elle l'avait quitté, ils étaient des enfants, ou presque. Elle n'avait jamais regretté, mais elle avait toujours conservé en mémoire les instants heureux de leur jeunesse. La curiosité et le souvenir de ce couple la stimulaient. Elle eut un rire pour elle-même.

— *Why not ?* Pourquoi pas ? se dit-elle à haute voix.

Un passant se retourna en l'entendant :

— *What are you saying, lady ?* Qu'est-ce que vous dites, madame ? Je peux vous aider, peut-être ? *Can I help ?*

C'est qu'un sentiment de solidarité s'était emparé des habitants de la ville depuis que, à 10 heures 18, le 11 septembre, la tour nord s'était écroulée, atteinte entre le 93e et le 99e étage par un Boeing 767 parti de l'aéroport de Logan, à Boston. Depuis que, un peu plus tôt, à

9 heures 59, le 11 septembre, la tour sud s'était effondrée, transpercée entre le 77e et le 85e étage par un Boeing 757 également parti de Logan, à Boston. Il y avait eu 2 996 morts, si vous comptiez les 2 977 victimes dans les tours et les avions, et, bien sûr, les 19 terroristes – ça faisait bien en tout 2 996 morts.

— T'inquiète pas, papa, si ça arrive, ça va être très rapide, avait eu le temps de dire sur son portable un jeune homme à bord de l'United Airlines 175, alors qu'il appelait son père pour la dernière fois.

Quelques jours plus tard, le président des États-Unis, George Bush Jr., devait déclarer : « Ils ont attaqué l'acier mais ils ne pourront atteindre l'acier de notre résolution américaine. »

Le XXIe siècle venait véritablement de commencer. C'était peut-être ce jour-là, ce funeste *Nine eleven*, que ce mot, « sidération », avait été le plus utilisé par les médias et par les gens, aussi bien aux États-Unis que dans le monde entier. Il était déjà présent dans le vocabulaire de l'Histoire des hommes, certes, mais il n'avait jamais autant dominé le langage de l'époque. D'autres « sidérations », dans les décennies à venir, surviendraient, tout aussi foudroyantes, parfois même plus effrayantes encore, mais les Américains et une grande partie des Occidentaux ne se projetaient guère pour l'instant dans le temps lointain. Ils vivaient au jour le jour, à la nuit la nuit, sidérés. La bascule brutale des évènements les avait capturés, avait bouleversé leurs habitudes et leurs certitudes.

Elle avait vécu tout cela, Élisabeth, et la sympathie

spontanée de ce passant qui l'interrogeait – « Je peux vous aider ? » – ne l'avait pas surprise. La solidarité était fréquente, comme le deuil et la crainte, l'orgueil et l'exigence de faire face, tenir et comprendre. On se parlait entre inconnus.

Le type l'avait saluée d'un geste de la main gauche, sur le front, signe militaire. Il portait des jeans, des baskets, un blouson kaki à poches boutonnées. Il devait avoir 30 ans. Cependant, Élisabeth ne quittait pas des yeux le dos de Lucas qui se dirigeait vers Central Park. Elle travaillait avec trois collaboratrices, dans les bureaux du grand groupe de presse CNB, lorsque c'était arrivé, en ce matin lumineux du 11 septembre. « Les filles », ses collaboratrices, et elle étaient restées bloquées pendant une très grande partie de la journée. Elles n'avaient pas eu peur, c'était un autre sentiment, une sensation inconnue, elles étaient soufflées, sciées, figées. Déséquilibrées. Des fenêtres de leur immeuble, elles pouvaient voir les nuages noir et blanc du désastre. Le seul son provenant de Madison Avenue était celui des sirènes des pompiers, des ambulances, de la police. Élisabeth avait pensé à ses enfants, soulagée de savoir que sa fille aînée, Clara, était en sécurité à Tulsa, dans l'Oklahoma, en stage dans une usine de jeans, et que son fils John, en Californie sur le campus d'UCLA, ne craignait sans doute rien. Cela avait été, d'évidence, le premier réflexe des femmes autour d'elle. Où sont les miens ? Vont-ils bien ? Il y avait longtemps qu'Élisabeth n'avait aucune nouvelle du père de ses enfants, son ex-mari, Bradford, elle ignorait s'il était encore dans les forêts du Nevada à la recherche de...

quoi ? Cela avait été leur dernière conversation, un an auparavant. Un matin, il l'avait appelée :

— Je vais dans le *wild.* Je cherche.

— Tu cherches quoi, Brad ?

— Je cherche.

Elle avait commis l'erreur d'insister.

— Ça ne suffit pas comme réponse. Tu peux quand même faire mieux.

— Je n'ai aucune raison de t'expliquer quoi que ce soit – il y a longtemps qu'on ne se comprend plus. Arrête de me juger, veux-tu ? Tu n'as jamais cessé de juger les gens. Tu es l'archétype du *judgemental.*

Elle avait toujours ressenti cette hostilité, cette tonalité haineuse dans la voix de Brad au téléphone. Ils s'étaient trompés, tous les deux, chacun versant dans l'adultère provisoire, le besoin new-yorkais d'essayer quelqu'un d'autre, faire rebondir la vie, en fabriquer une nouvelle. Et puis, il y avait eu le fait divers, le drame, suivi d'une séparation, et enfin un divorce. Tout s'était passé de façon destructrice. Finalement, quand Bradford l'appelait, sporadiquement, ne fût-ce que pour parler des deux enfants qu'ils avaient faits ensemble, ça n'était que de l'agressivité à peine retenue. Bradford MacMaster, fortune acquise, avait tout abandonné après un scandaleux fait divers dont nous parlerons plus tard. Il avait été saisi par un désir de nature, le rejet de tout ce qui avait été sa vie urbaine, dans le chaudron new-yorkais. Il n'était pas le seul Américain saisi par cette pulsion d'aller *into the wild.* Cela arrivait souvent à des jeunes gens, à peine sortis de leurs études, mais cela pouvait gagner des adultes plus chevronnés. C'était très américain.

— Tu pars quand ?
— Je suis déjà parti.
— Où es-tu précisément ?
— Qu'est-ce que ça peut te foutre ?
— Dis-moi quand même.
— Loin du béton, du fric, des gens, loin des mensonges, des ragots, des trahisons, loin de toi.
— Bonne chance, Brad.
— Va te faire foutre, Élisabeth. *Fuck you. Fuck you once and for all.*

Dans les bureaux du magazine dont elle dirigeait la régie, Élisabeth, comme ses adjointes, avait regardé la télévision, avait téléphoné aux amis, aux relations. On savait que tel ou tel travaillait là-bas. Dehors, au-dessus de Madison à hauteur de la 66e Rue, la vie s'était vidée. Lorsqu'elles finirent par sortir du grand immeuble, elles furent saisies par l'odeur âcre de brûlé. Des particules d'une poussière grise, épaisse, flottaient au-dessus des trottoirs déserts. Deux mois plus tard, Élisabeth ne parviendrait toujours pas à oublier cette poussière, comme si elle voletait toujours devant ses yeux, ni cette odeur, comme si aucun parfum ne pouvait l'effacer. Alors quelques jours seulement après le *Nine eleven*, Élisabeth eut un réflexe. Elle dit aux « filles », Betty, Ariana et Tricia :
— Soyons futiles. Retrouvons la futilité, c'est-à-dire notre norme quotidienne. Allons acheter quelque chose, dépenser de l'argent, allons nous réfugier dans l'inutile absolu. La futilité !

Elle avait employé ce terme à plusieurs reprises. C'était comme un devoir, une exigence, un remède. Un mantra. C'était ça, la vie : une série d'actes triviaux, superficiels, qui étaient dépourvus de sens mais qui pouvaient vous réconcilier avec le calme, vous prodiguer un repos nécessaire pour dissiper la tristesse générale. Car la peur régnait dans la ville et le pays, des attaques bactériologiques sous forme de lettres contaminées à l'anthrax visant des personnalités des médias ou de la politique avaient débuté quelque temps plus tard. Le président Bush Jr. et son gouvernement préparaient le Patriot Act qui ouvrirait la porte aux tribunaux d'exception, à la torture, à l'omniprésence de la puissante CIA, à toutes les horreurs et les erreurs du début de ce siècle. On s'apprêtait à envahir l'Afghanistan. Oussama Ben Laden avait été reconnu par la Maison-Blanche comme le commanditaire des attentats du World Trade Center.

Dans un climat ponctué de décisions, actions, révélations, incertitudes et certitudes, infos en direct – ces *breaking news* qui deviendraient, désormais, une nouvelle addiction et transformeraient les jours, avec la permanence de l'évènement, si énorme ou si insignifiant qu'il soit, l'obligation de dérouler image sur image –, Élisabeth et ses « filles » avaient eu l'instinct de se réfugier dans l'insignifiant qui rassure, comme le cornet de glace (triple boule coco, chocolat, vanille) qui va combler ou apaiser les enfants. La consolation par la futilité. Alors, elles n'étaient pas allées très loin. Barneys, sur Madison, près de la 60e. Dans le grand magasin de la bobo bourgeoisie de New York, quasi vide, Ariana et Betty avaient acheté des sacs. Élisabeth, elle, s'était décidée à acquérir une paire de *stilettos* Manolo Blanhik, 7 centimètres de talon, couleur rouge éclatant, comme un bâton de *lipstick*. Comme une insulte au gris des journées et à l'angoisse ambiante. Le comble de l'inutile et de l'insolence. On n'est pas morts – on achète des escarpins rouges.

Élisabeth n'a jamais porté ces chaussures, jamais.

11

Quelques mètres avant l'entrée de Central Park, Lucas s'arrêta devant un marchand de marrons chauds à la sauvette. C'était un jeune Noir coiffé d'un bonnet de laine portant les couleurs, les étoiles et les bannières du drapeau américain. *Stars and stripes.* Perché sur une chaise haute semblable à celle des metteurs en scène de cinéma, il clamait : « *Hot ! Hot ! Get it while it's hot !* » Il avait une voix éclatante qui vous atteignait comme un coup de trompette. Son numéro avait attiré de nombreux passants :

— Je m'appelle Sammy !

Il avait investi une portion minuscule du trottoir qui faisait angle avec celui de la 5e Avenue. D'un regard bienveillant, un *cop* surveillait le petit attroupement produit par l'irrésistible Sammy. Il criait, agitait ses bras, déployait ses qualités de comédien de rue. Il aurait esquissé quelques pas de hip-hop autour de son stand de marrons que cela n'aurait étonné personne. Élisabeth se rapprocha, elle aurait presque pu poser sa main sur l'épaule de Lucas.

Elle entendit Lucas dire à Sammy avec un accent à peine francisé, très américain :

— *I hope they're not too hot.* J'espère qu'ils ne sont pas trop chauds.

Alors en français et d'une voix très claire, elle prononça :

— Je l'espère aussi. Il ne fait pas si froid que cela.

Il se retourna. Surprise, étonnement. Il dévisagea Élisabeth. Tout en reconnaissant la même structure faciale, celle de ses 20 ans, il vit le travail du temps. Une vie, sans doute, en tout cas des éléments de vie.

— Élisabeth ! dit-il en souriant.

Il répéta :

— Élisabeth, mais que fais-tu là ? Tu vis ici ?

— Bien sûr, depuis de très, très, très longues années. Et toi ?

— Ben moi aussi, enfin je n'ai pas seulement vécu à New York, je me suis beaucoup baladé dans le pays. Où t'en vas-tu ? On peut marcher ensemble ?

Comme tous les gens qui se retrouvent par hasard après des décennies d'absence, ils eurent à peu près simultanément la même banale question :

— Que deviens-tu ?

Ça les fit sourire. Élisabeth avait conservé la même beauté tranquille, quasi parfaite. Elle portait un caban de la Navy, des jeans noirs non troués aux genoux et de courtes ballerines noires. Il se souvint que, jeune femme, elle avait lancé parmi les filles de sa génération la mode d'emprunter des tenues d'hommes – vestes croisées, pantalons. Il se rappelait surtout sa blondeur « Croix-Catelan », son choix de ne jamais répondre trop vite à ses incessantes questions et comment elle avait supporté sa jalousie, sa volubilité, sa prétention de gamin qui croyait tout savoir. Comment tout cela avait volé en éclats sous la tour Eiffel, quarante ans auparavant. La rupture, due à l'usure ? Et comment il avait été habité par le regret. Et il s'interrogeait sur la propre mémoire d'Élisabeth. Avait-elle, aussi, connu des regrets ?

Elle ne faisait pas ses 60 ans. Elle avait dû beaucoup œuvrer au maintien de son allure, ne pas prendre de poids sur les conseils d'une nutritionniste, marcher, marcher, faire de l'exercice, l'obligation quotidienne des Américains d'une certaine catégorie sociale :

— *Do you exercise ? You must exercise !*

Les rides ne l'avaient pas épargnée. Quelques fines pattes-d'oie, de petites zébrures autour du nez et des lèvres, le tout finement dessiné par les transformations de la vie, bonheurs et malheurs, coups du sort et coups de nuisance, et comment son visage avait tout absorbé subtilement, enregistré et accepté les secousses. Elle avait résisté à la contagion de la chirurgie esthétique qui s'était emparée d'une majorité des femmes de son milieu et de son métier – la mode, la pub, les médias, le spectacle. Elle n'était plus entourée que de botoxiquées, femmes aux lèvres gonflées, aux joues relevées, aux masques de fête foraine. Pour certaines de ses amies, cela avait donné un résultat catastrophique, un désastre – pour d'autres cela produisait une transformation étrange, de celles qui, lorsqu'on se regarde dans le miroir, font s'interroger :

— Es-tu vraiment celle que tu as été ? Voulais-tu être la femme que tu découvres, effarée ?

Lucas et Élisabeth étaient parvenus à l'un des premiers bancs de l'allée principale de Central Park, celle qui ouvre sur toutes les autres.

— On s'assied ? demanda Lucas.

— Non merci, je dois partir à un rendez-vous. Je te quitte.

Il eut un rire.

— Ça n'est pas la première fois.

— Non, non, lui dit-elle, revoyons-nous, dès demain, si tu veux. À la même heure.

— Où donc ?

— Ici même, entrée sud, 5e et 59e. J'adore ce coin. J'y viens souvent, d'ailleurs. Je ne sais pas pourquoi, mais j'y viens souvent.

— Très bien.

— S'il fait beau, on marchera dans le parc, mais s'il pleut, on prendra un verre en face, il y a un hôtel, tu le vois d'ici, le Sherry Netherland. J'aime son décor et son calme. J'aime jusqu'à son nom. Il sonne bien.

— On se racontera nos vies, dit-il.

— C'est ça, exactement, on se racontera.

Sur ce, Élisabeth l'embrassa légèrement sur la joue, fit demi-tour, dépassant le jeune Sammy qui n'avait pas cessé de vendre ses marrons en claironnant la réussite de son entreprise :

— *I am a winner.* Je suis un gagnant !

Les gens continuaient à se grouper autour de lui, non pas seulement pour le spectacle qu'il donnait, ni pour ses marrons, mais pour ce qu'il symbolisait, sans en être conscient : l'affirmation étincelante de la survie new-yorkaise, l'énergie, cette éternelle électricité que ni le Boeing 757 ni le Boeing 767 n'avaient réussi à véritablement éteindre.

Ça avait été une horreur. Le viol. On était à deux mois à peine de la blessure. Ils y pensaient tous, tous les jours, Lucas comme les autres, et chacun l'avait vécu à sa manière.

Lucas était en train de boire un café chez un agent, un homme grâce auquel il espérait enfin pouvoir faire avancer un contrat pour ce qu'il ambitionnait d'être son premier long-métrage de cinéma. Frank Saccamaggia était plus connu dans le métier comme « Sacca ». Il résidait au 105 Duane Street, dans Tribeca, un immeuble de 52 étages, 440 appartements, construit en 1988, refuge de l'argent et de la puissance. Sacca était lui-même un acteur important dans le business du cinéma, un *player*. Il avait gagné beaucoup d'argent depuis de longues années à Los Angeles où se situait le siège historique de son agence, mais comme il détestait la Californie, il avait délégué une partie de ses collaborateurs auprès de ses clients pour demeurer le plus souvent possible à New York, au sommet de ce building dont il aimait le prestige, la majesté, l'exclusif luxe. Bien entendu, lorsqu'il s'agissait d'un gros sujet, un contrat fort – films, acteurs, actrices, scénaristes –, c'était à Sacca que revenait l'affaire, c'était lui qui la traitait. Il laissait la routine à ses adjoints. Pourquoi, dès lors, s'était-il penché sur les projets de Lucas ? Sacca n'y croyait guère mais il s'était pris d'amitié et presque d'affection pour celui qu'il appelait

« Frenchie ». Lucas n'avait jamais pu se débarrasser de cette étiquette. Malgré son parfait bilinguisme, ses décennies de vie à travers le continent américain et sa connaissance approfondie de certaines strates de la société américaine, il serait toujours, pour beaucoup, « le Français ».

— Ça m'a poursuivi pendant mes années à Hollywood. On m'appelait "Lucky Pierre". C'était une expression courante à l'époque pour définir les Français qui étaient à l'aise avec les femmes. J'étais devenu le professeur privé de tennis d'un vieux producteur, Mike Mayzorvitch, et je baisais sa femme. J'ai eu honte de moi au bout de quelques mois et j'ai quitté cette scène – mais le cinéma m'a toujours obsédé.

Nous étions le lendemain. Il avait raconté une partie de ses errances à Élisabeth. La pluie était tombée, ils avaient abordé le coin de la 5e et de la 59e, étaient entrés au Sherry Netherland. Elle buvait un *latte macchiato* et lui un gimlet. Un cocktail pas très à la mode. Il est simple : gin et jus de citron vert.

— J'en consomme, dit-il, par pur snobisme littéraire. C'est dans Raymond Chandler : un client de Philip Marlowe, un certain Terry Lennox, boit des gimlets dans *The Long Goodbye*. C'est typique chez moi, il faut que je me distingue.

— Tu as donc choisi l'autodérision, dit Élisabeth.

— J'ai changé, Élisabeth, j'ai appris à me connaître, je sais qui je suis. Je me suis accepté, il paraît qu'on appelle ça le surmoi, un regard clair.

Fallait-il tout lui dire ? Il en ressentait l'envie, le besoin. Ses amours multiples, des femmes qu'il n'aimait pas mais qu'il avait voulu dominer, on n'y arrive guère en Amérique, ce sont plutôt les hommes qui se font dominer. Sa mauvaise conscience de n'avoir pas participé à la guerre d'Algérie (l'obsession du frère disparu ne s'évanouirait jamais) et comment, dès son arrivée en Amérique, il avait voulu exercer des métiers à risque, comment il avait tenté de se viriliser. Après l'épisode (honteux) des cours de tennis, Lucas s'était lié d'amitié avec le fils d'un acteur célèbre, star des années 50, qui avait détruit sa vie dans l'alcool et l'héroïne, et dont on racontait qu'il s'était fait fabriquer un pénis en bois pour exhiber son importance lorsqu'il interprétait un boxeur. Le fils s'appelait Glenn. C'était un photographe de guerre. Il avait fait l'amitié avec Lucas :

— Je repars au Nam. C'est mon second tour. Tu veux me suivre ? Je peux t'emmener. Tu sais écrire ? Tu me l'as dit, tu as fait du journalisme, en France et même ici, eh bien tu feras mes légendes, tu m'aideras.

Alors, et ce fut l'un des tournants de sa vie, Lucas avait connu le Viêtnam, les séjours à Da Nang, les enfants napalmés et les filles vérolées de Saigon, toutes les horreurs, les terreurs, les injustices, l'aveuglement des généraux américains, la lente et inexorable marche vers le désastre. Il avait connu les vols en hélicoptère dont le mitrailleur rafalait les paillotes des villages.

— Le mitrailleur zappait. Tu sais que c'est de là que ça vient, l'expression, ce mot, "*to zap*". La première fois qu'il a été prononcé, c'est précisément par un tireur des US Marines. ZAP ! C'est de là que ça vient.

— D'accord, fit Élisabeth, comme si je ne savais pas…

Il la regarda. Il pensait qu'il n'allait tout de même pas commettre à nouveau ses erreurs de jeunesse, lorsque, avec arrogance, il croyait tout savoir. Il fallait qu'elle comprenne qu'il n'était plus le même homme.

Il avait passé près de dix mois au Nam. Ce fut une révolution dans sa vie et son caractère. Il y avait perdu son ami Glenn, disparu lors d'un reportage à la frontière du Cambodge. On n'avait jamais retrouvé son corps. De la même façon que Kipling a écrit : « Dans la vie il y a deux sortes de gens, ceux qui voyagent et les autres », il était en droit de pouvoir dire : « Il y a ceux qui sont passés par la guerre et les autres. » C'était une banalité établie, mais si tu vis cette banalité, elle devient une exception. Lucas y avait lavé sa mauvaise conscience d'avoir évité l'Algérie lorsqu'il était le gamin insolent du 16e arrondissement de Paris, faisant le zozo chez les copains vendeurs de surplus de la rue La Boétie. La guerre, l'épreuve ultime, l'avait tout naturellement transformé, comme elle l'a fait, comme elle le fait et comme elle le fera pour tout être humain.

— J'ai tout appris d'elle, Élisabeth. La peur et le courage. La trahison et la camaraderie. La précarité et l'inattendu. L'impérieuse nécessité de s'adapter à tout, tout le temps. Et puis, il ne faut pas se le cacher, il existe un goût du danger, une proximité presque coupable avec la mort, il y a cette addiction aux rafales et aux bombardements, cette fascination pour les armes, le feu, les flammes, les uniformes, le roulement des tanks et le clac-clac-clac des fusils. Et les hélicoptères ! Pour moi, le son des hélicos, c'est la musique du Viêtnam. Quand j'entends un hélico de la police au-dessus de New York, j'entends le ciel du Viêtnam. Et tout ça dans l'odeur de la drogue. Du cannabis. Ça fumait partout, j'en ai parfois beaucoup trop pris, moi aussi. La guerre te soumet à des habitudes et des servitudes. Elle fabrique des addictions. Elle t'impose des insomnies. Tu ne dormiras plus jamais facilement. Il y a un type qui a raconté tout ça mieux que personne. Il s'appelle Michael Herr. Il a écrit *Dispatches.* Je crois bien que ça a été traduit en France sous le nom de *Putain de mort.* Tu l'as lu ?

— Non, fit Élisabeth.

— Tu devrais, c'est magistral. C'est un grand journaliste et un grand écrivain. Il a un talent fou et en plus ce type a eu beaucoup de chance, car il a très bien connu et travaillé avec Stanley Kubrick, ce génie.

— Ah Kubrick, dit-elle, oui, là tu as raison, c'est un génie. Je crois qu'il est mort il y a deux ans.

— À peu près, oui, dit Lucas.

Il prit un temps de silence puis :

— On aurait dû observer ce jour-là un deuil international, les génies ne courent pas les rues. Il est mort dans son manoir au nord de Londres. Je ne connais pas un film de lui qui laisse indifférent.

Élisabeth :

— Tu vas toujours au cinéma ?

— Oui et non. Oui, parce que je ne peux pas m'en empêcher, parce que je crois toujours que je découvrirai ou apprendrai quelque chose qui m'aidera.

— À quoi faire ?

— À faire mon film, bon Dieu ! Je sais bien qu'il ne

suffit pas d'avaler film après film pour devenir un grand cinéaste, mais ça aide. Et non, j'y vais moins souvent, parce qu'ils ne sont pas toujours aussi bons qu'avant, les films.

— Avant quoi ?

— Avant la couleur. J'ai été élevé dans le noir et blanc.

— Peut-être, Lucas, mais tout de même, récemment, il y a eu du très bon cinéma.

— Bien sûr. On peut citer, en vrac, *Blue Velvet*, *Elephant Man*, *Raging Bull*.

— Oui, enchaîna-t-elle, et *When Harry Met Sally*, et *Tootsie*, et *Reservoir Dogs* !

— Formidable, Élisabeth, formidable ! Et *Les Affranchis* ? *The Deer Hunter* ?

— Ça va, oui, ça aussi.

Il eut un sourire, un sentiment de fierté. Après tout, c'était peut-être grâce à lui qu'elle pouvait parler aussi bien de cinéma. Il lui avait au moins appris ça, pensa-t-il. Mais il se garda de le lui dire. Exceptionnellement, il voulait mettre la cinéphilie de côté, continuer à parler de la guerre.

Il commanda un deuxième gimlet. Le bar du Sherry Netherland était encore aux trois quarts vide. Élisabeth pensait qu'elle avait en face d'elle un homme qu'elle avait connu, un peu aimé, puis beaucoup désaimé alors qu'il n'était qu'un gamin, un insupportable amoureux jaloux et invivable, si peu sûr de lui-même qu'il masquait ses fragilités dans un excès de verbiage et d'inutile insolence. Leur liaison avait été courte, en réalité, mais pour lui comme pour elle ça avait été leur première vie en couple – il en était resté des bons et des mauvais souvenirs, quelques regrets et principalement le poids de l'expérience. Elle s'attachait à l'idée du « rendez-vous manqué », cette formule qui définissait bien ce qui leur était arrivé dans leur jeunesse.

Lucas continuait :

— La guerre te rend plus humble aussi. Car tu t'en es sorti. Certes, tu ne la faisais pas réellement. Tu n'étais qu'un spectateur, un témoin, tu n'as tiré sur personne, et personne ne t'a tiré dessus. Sauf que tu étais là-dedans, quand même, comme un acteur, ou plutôt un figurant, et en tout cas un témoin suffisamment proche du phénomène pour être contaminé. Car c'est un virus, la guerre. On prétend que le virus a disparu et l'on suppose que les poumons sont intacts. C'est faux. Il y a des fibroses qui restent. Et puis, comment te dire, il n'y a plus grand-chose qui t'étonne. Tu crois avoir acquis la certitude des incertitudes, la notion que tout peut arriver, la possibilité de l'impossible. Tu nourris l'illusion que tu es revenu de tout et que rien ne va te surprendre.

— Ah bon ? Et qu'est-ce que tu fais du *Nine eleven* ?

— Ah oui, qu'est-ce que j'en fais ? Comment l'as-tu vécu toi ? demanda-t-il.

— Mal, dit-elle, comme nous tous.

— Nous ?

— Oui, je suis naturalisée américaine, j'étais dans mes bureaux de Madison Avenue.

— Eh bien moi, vois-tu, dit Lucas, j'ai tout vu en direct, comme ils disent. J'étais en train de subir une séance d'humiliation.

Sacca l'avait reçu très tôt à Duane Street, pour une sorte de *business breakfast* mais, surtout, pour un moment de vérité. La journée de l'agent promettait d'être chargée mais il aimait beaucoup Frenchie – d'ailleurs il aimait les hommes, même si, avec Frenchie, il n'avait jamais manifesté un seul geste – il avait décidé de lui dire le plus courtoisement possible que son projet de long-métrage n'était pas finançable, n'était pas viable. Courtoisement, mais franchement.

Peut-être y prenait-il aussi un plaisir pervers. Sacca n'était pas une nature simple.

— Vois-tu, Lucas, ton ambition est tout à fait légitime, et je connais ta vie et ton parcours, tes courts-métrages, les trois, jamais reconnus. Tu as tout fait, et tu es habité par le cinéma, certes, mais ça ne suffit pas pour faire de toi un *filmmaker*. Car il n'y a pas dans ton scénario assez de viande, assez de chair, assez d'épaisseur. La psychologie ne s'équilibre pas avec l'action. Ça manque de structure. Il faut tout réécrire, mon cher, tout, et il ne faut pas que tu le fasses seul. C'est très difficile, je sais, je connais des gens qui ont passé leur vie à essayer, qui sont sûrement encore en train de réécrire en ce moment même. Il existe une autre dimension dans le cinéma, un palier supérieur, et tu ne l'as pas atteint, qui sait si tu l'atteindras un jour. Pardonne-moi de te parler ainsi. Je t'aime beaucoup et nous entretenons une amitié à laquelle je tiens – mais ça ne suffit pas. Le devoir d'un ami consiste justement à dire la vérité. Tu nous connais, en Amérique, on est comme ça. Ici, les cancérologues n'attendent pas longtemps pour dire aux malades : c'est foutu.

Sacca privilégiait cette expression : « Est-ce viable ? » C'est-à-dire, votre sujet peut-il posséder une certaine durée de vie ? Il posait la question comme les médecins.

Debout, le dos tourné aux larges baies vitrées des fenêtres du 52e étage, Lucas avait silencieusement écouté Sacca et senti un changement dans ses yeux. Il n'allait quand même pas en pleurer. Alors, pour dissimuler sa déception et atténuer l'humiliation, la cruauté et la vérité du jugement de Sacca, Lucas lui avait tourné le dos et s'était positionné face à la superbe vue de la ville, à ce ciel si bleu, si clair, si new-yorkais. Il était 8 heures 46 du matin. On était un 11 septembre.

— Putain de putain de putain ! *My fucking God !* Regarde ! *Look !*

Sacca le rejoignit. Ensemble, ils étaient soumis à cette nouvelle loi de l'impossible en train de devenir possible.

Les deux hommes, la télé allumée, passèrent la matinée debout, l'un à côté de l'autre. Faisant face à ce qui était en train de changer, la marche du monde et du nouveau siècle. 8 heures 46, tour nord. Une brèche entre le 93e et le 99e étage. 8 heures 49, tous les programmes de télé habituels sont interrompus. La vie s'arrête. Le pays subit la sidération universelle. 9 heures 08. Tour sud. 73e et 85e étages. *America is under attack.* En fin de matinée, abrutis et assommés par le spectacle, par cette vision – il y avait ces petites figures noires qui tombaient des étages, dans le vide, c'était suffocant, insupportable, écœurant, à hurler –, ils en étaient venus à se prendre par la main, comme à l'église quand on vous prie de saluer celle ou celui qui est près de vous.

Les deux hommes s'étaient regardés. Ils avaient la bouche ouverte, les yeux écarquillés. Ils étaient effarés.

Sacca :

— Surtout, ne sors pas, Lucas. Le quartier va être bloqué. Ça va être un bordel noir. Tu vas être couvert de cendres. Tu vas aller à l'encontre des gens. Ça va être un chaos humain. La foule. Les pompiers. Les ambulances. Essaie d'éviter tout ça. Si tu veux continuer à suivre les choses à la télé, tu peux. Je vais me retirer dans mon bureau pour tenter de savoir si dans ce malheur incroyable certains de mes amis ont été épargnés.

Sacca était livide. Il saisit une bouteille d'eau sur la table du *breakfast* et la vida entièrement. Puis il se dirigea vers le minibar du salon pour s'emparer d'une bouteille de White Horse. Il prit des verres, versa le whisky et les deux hommes l'avalèrent cul sec. Ils recommencèrent. L'alcool semblait n'avoir aucun effet sur eux.

— Tout va changer, Lucas, tout ! Mais on va s'en remettre. Les Américains se remettent de tout. Tu le sais, puisque tu es resté chez nous et que tu n'es pas retourné en France. À tout à l'heure, considère mon appartement comme le tien et ne pars que tard dans la nuit.

De son côté, Élisabeth lui raconta une partie des choses de sa vie. C'était étrange, la facilité avec laquelle tous deux livraient leurs soucis, leurs secrets, leurs regrets, leurs dérisoires ou graves moments d'existence, les bribes de leur passé. Cette conversation fabriquait un lien, renouvelait ce qui avait été leur entente. Ainsi, elle voulait évoquer ce mariage dont étaient nés deux enfants. Et cet homme, Bradford, qu'elle avait cru aimer.

Elle l'avait rencontré au cours d'un de ces cocktails-dîners mis en scène et organisés par George Plimpton, l'éclectique et infatigable journaliste-écrivain avide de toutes les expériences – il avait une fois voulu intégrer une équipe de football américain pour carrément jouer au milieu de ces molosses et se retrouver dans un combat de brutes puisque c'est le sport le plus assassin qui soit. Plimpton faisait feu de tous ses bois, excellent intervieweur, complice des grands romanciers de l'époque, il avait fondé une revue littéraire d'une très haute qualité, *The Paris Review.* Les meilleurs entretiens (Hemingway, Faulkner, Agee, Miller, et tant d'autres !) firent vibrer la vie littéraire aux États-Unis et même au-delà, de quoi permettre colloques et rencontres, qui finiraient par disparaître un jour avec lui. (George va mourir en 2003.) Ce soir-là, chez lui, on fêtait le célèbre romancier Norman Mailer, ce qui avait attiré une foule d'éditeurs, critiques, attachés de presse, femmes de pouvoir ou femmes de charme et d'influence, vieillards lourds d'expérience et de publications, jeunes arrivistes lourds d'ambition. Il flottait dans l'air du grand appartement de Midtown un nuage bruyant et chaleureux, on buvait beaucoup, particulièrement de la vodka. Tom Wolfe aurait pu être présent, mais Mailer et lui se détestaient cordialement, et sans doute Plimpton avait-il omis volontairement d'inviter le génial gentleman du Sud vêtu de blanc. Ça parlait, ça riait, vous n'aviez nullement besoin d'une présentation formelle pour aborder une ou un inconnu. Ainsi, Élisabeth, invitée par une amie éditrice chez Simon & Schuster, avait été abordée par un bel homme au regard brun, pas très bien rasé, juste comme il faut, souriant trentenaire vêtu d'une veste en tweed, *chino pants* kaki, chemise à rayures vraisemblablement achetée chez Paul Stuart. Un parfait séducteur :

— Vous connaissez Norman ? Vous êtes une de ses amies ?

— Pas du tout, non.

— Votre accent, c'est quoi, vous êtes française ?

— Oui, mais naturalisée.

— Ah bon. Et qu'est-ce que vous faites dans la vie ?

— Et vous, avait-elle répondu un peu irritée par un questionnement aussi directif. Et vous, vous faites quoi, monsieur ?

L'homme avait ri.

— Je suis un copain de George Plimpton. Je l'ai aidé dans sa risible et néanmoins extraordinaire tentative de tenir plus d'une minute dans un vrai match de football pro – vous avez sans doute entendu parler de cet exploit –, car je conseille le manager des New York Jets ainsi que certains membres de l'équipe. D'ailleurs, je conseille aussi des écrivains, des comédiens, nous sommes une petite agence de "coaching tous azimuts" et ça marche plutôt bien.

Et puis, tout à trac :

— On peut prendre un verre ensemble, un jour, ailleurs que dans cette foule folle ?

Elle avait dit oui. Ils avaient eu une « affaire » et puis ils s'étaient mariés.

Brad était un homme imprévisible et Élisabeth n'avait pas pressenti le danger qu'il représentait. Ils avaient eu deux enfants. Un jour, Brad s'était retrouvé impliqué dans un fait divers crapuleux, vulgaire et scandaleux. Un des footballeurs que Brad conseillait avait, bourré d'amphétamines, de coke et de whisky, violé une jeune spectatrice venue solliciter un autographe. On avait accusé Brad d'avoir assisté à cette scène, on avait même suggéré qu'il avait participé au viol. Son nom avait fait la une du *New York Post*: « *Football consultant saw everything* », « *Where was Brad when it happened ?* » et « *What did he do ?* ».

Élisabeth demanda à Lucas :

— Tu ne te souviens pas de ce scandale ? Ça a été abominable, lamentable, dégradant.

— Non, je devais être absent. J'étais peut-être encore au Viêtnam.

Elle ne vérifierait pas les dates. Elle se demanda si Lucas n'était pas un peu mythomane. Avait-il réellement passé autant de temps à Saigon et à Da Nang ?

— En tout cas, continua-t-elle, tu imagines bien que cet atroce fait divers a détruit nos rapports. Je n'avais pas vu en lui ce que Benjamin Constant appelle l'"étranger en nous qui sommeille". Consternée devant une telle personne, un tel monstre, d'autant qu'il était infidèle. Je n'ai pas voulu fermer les yeux, comme beaucoup de femmes. Le scandale du footballeur a fait le reste. On s'est séparés, on a divorcé. J'ai obtenu facilement la garde de nos enfants. Aujourd'hui, après les études plutôt réussies de mon fils et de ma fille, après quelques tentatives de retrouver un semblant de vie sexuelle ("Une divorcée comme vous, ça ne peut pas rester seule", entendait-elle, et elle avait rejeté la règle d'or de la société américaine, "chasser la solitude"), j'essaie de vivre sereinement.

Elle se consacrait désormais comme une véritable *workaholic* à son job, à la progression de ses responsabilités et aussi à sa complicité avec ses amies, trois ou quatre. L'une d'entre elles, Tricia, l'invitait régulièrement dans les Hamptons. Tricia aimait les femmes mais n'avait jamais fait montre de la moindre envie à son égard. Élisabeth avait grimpé les marches du pouvoir dans le puissant groupe de magazines CNB. Ils publiaient plus de soixante-dix titres dans tous les pays du monde. À l'époque, cette sorte d'entreprise vivait à un très haut niveau. Notes de frais généreuses, chauffeurs, primes, voyages en *first*. Élisabeth accompagnait souvent les équipes rédactionnelles à Paris, Londres, Milan. C'était une vie confortable, mais elle y voyait du vide, du superficiel. Elle avait réussi, comme on dit, mais était-ce une réussite ? Que voulait donc dire ce mot ?

Lucas :

— En somme, tu es en train de me dire que tu ne fais plus l'amour. Homme ou femme, c'est fini.

— À peu près ça, oui.

Elle eut un de ces gestes familiers de la main qui passe au-dessus des verres, au-dessus de la table, un signe de volontaire indulgence à son propre égard, une manière de dire que tout cela était derrière elle, que ça n'avait aucune importance.

— On n'en parle plus, si tu veux bien, dit-elle.

— Puisqu'on est en train de tout se dire, Élisabeth, alors, dis-moi, je veux savoir : qui était Thomas Peshkow ?

Cette fois-ci, Élisabeth ne peut contenir un accès de colère, la main passe devant son front, pour chasser les mouches jaunes. Des rides d'irritation surgissent. Le ton monte. Elle retient une certaine fureur.

— Ah parce que tu m'avais suivie, n'est-ce pas ! Il y a près de quarante ans de cela et je m'en souviens très bien. Je le voyais, ce taxi ridicule qui se démerdait pour ne pas trop s'éloigner de l'autobus et j'ai vite compris que tu devais être à bord. Mais qu'est-ce que tu crois, je me souviens très bien de tout cela ! Quel geste grotesque, mon pauvre Lucas, tu m'as suivie jusqu'au Père-Lachaise ! Je ne sentais pas ta présence, tu aurais sans doute fait un bon détective privé, mais si tu prononces le nom de Peshkow, c'est que c'était bien toi, n'est-ce pas, et que tu as donc vu la tombe. Je ne t'en veux pas, je ne t'en veux plus, mais comme c'était minable, ce que tu as fait, ce jour-là, comme c'était vain.

— Comme j'étais con, tu veux dire.

— Oui, dis-moi.

Elle avait retrouvé son débit normal et la colère ne résoudrait rien, aujourd'hui, c'était si loin. Ils étaient devenus deux adultes qui ne ressemblaient plus aux jeunes gens d'autrefois. Ressemblaient-ils à eux-mêmes ? Quelles parts du passé avaient-ils effacées, sinon les meilleures ? Et si elles revenaient toutes à la surface, c'est qu'elles avaient plus compté qu'ils ne l'avaient cru. Ils savaient qu'ils avaient fabriqué à l'époque un véritable lien, il y avait cette petite dose de vécu commun, ces souvenirs, donc une part d'eux. L'amour était passé par là, pas le même pour elle que pour lui, mais ils s'étaient aimés, n'est-ce pas, ce n'était pas négligeable. Elle le regarda et répéta :

— Oui, dis-moi, Lucas, tu es toujours aussi con ?

— Et toi, ma chère, es-tu toujours aussi présomptueuse ?

Il y a, à ce moment précis, dans l'arrière-salle du Sherry Netherland, sur la banquette en moleskine verte, alors qu'il pleut encore dehors et que les voituriers de l'hôtel ont revêtu des imperméables aussi vastes que les manteaux des tueurs d'un film de Sergio Leone, alors que la circulation est bloquée car la pluie s'est transformée en déluge – les files de taxis jaunes à l'arrêt figent cette image si new-yorkaise, c'est le grand embouteillage, d'une certaine façon, les New-Yorkais aimaient ça, c'est leur ville, la ville-monde, celle qu'ils aiment –, il y a donc, à ce moment, deux solutions possibles : soit, à la question grossière de Lucas, Élisabeth renverse sa tasse de *latte macchiato* sur sa veste, se lève et s'en va, soit elle éclate de rire. Élisabeth choisit la deuxième option. Lucas murmure alors :

— Je te demande humblement pardon. J'admire ta réaction. Ce rire ! Je ne suis pas du tout sûr que j'en aurais été capable.

— À ta question, voici ma réponse : non, vois-tu, je ne suis plus tellement présomptueuse, plus tellement.

Cela faisait déjà plus d'une heure qu'ils parlaient. Élisabeth n'éprouvait pas réellement d'attirance pour cet homme blasé, mais plutôt une grande curiosité. Elle se surprenait seulement à aimer leur dialogue, leurs vérités échangées, ça lui avait manqué, elle ne l'avait pas vécu avec son psy, puisque tout le monde avait un psy mais que, comme tout le monde, elle l'avait délaissé. Et, curieusement, elle ressentait la même ouverture, un même lâcher-prise avec Lucas qu'avec le psy. On est là pour tout se dire. On peut tout se dire. On s'est aimés gamins, on s'est quittés, mais on sait qui on a été, qui on est, on détricote les mailles du rendez-vous manqué. Il n'y a ni mensonge, ni comédie, juste une vaste mise au point. Elle n'avait pas connu ces sentiments avec beaucoup d'hommes américains, pas tellement avec ses « filles », ou peut-être en partie.

De son côté, il lui avait livré ses errances, et comment, entre autres exemples, pendant un temps, il avait « fait dans la restau, avec un autre Frenchie » déjà propriétaire de plusieurs établissements, Jean Dacour. N'importe quel Français ou Française un peu mariole avec une idée un peu originale pouvait faire fortune à New York, dans la pâtisserie, la boulangerie, la bistroterie, la bouffe, la cuisine, la qualité française. Il y avait et il y aurait toujours de la part des New-Yorkais une vraie fascination pour cet art de vivre français, ce style, ces couleurs, cet hédonisme et cette élégance, ces choix vestimentaires des femmes, tout ce qui ébahissait les Américains : « Mais comment font-ils, comment font-elles pour conserver autant leur patrimoine, autant de classe, autant de charme ? » C'était le mot clé. Il y avait un charme à la française. Ça ne s'explique pas, le charme. Lucas avait été responsable des relations publiques et de l'image des restos de Jean Dacour mais le propriétaire, figure très populaire dans

Upper Manhattan, n'avait pas été honnête. Ils avaient eu des embrouilles, un contrat n'avait pas été respecté, Lucas était parti. Il voyait tous ces « Frenchies » réussir dans la bouffe et dans l'art de vivre. Il y avait les frères Labarthe, par exemple, dans les crêpes, et puis un autre, le chef Luli et son bateau-bistro, avec terrasse. Et puis un as du poisson. Et puis une ribambelle d'épiciers, boulangers, pâtissiers. Mais lui piétinait, gambadait de job en job, sans trouver sa vérité.

Lucas cherchait refuge chez un ami, un avocat, Louis Gelb, un sage. Ses parents avaient été exterminés dans les camps de concentration, et il était *senior associate* d'un cabinet de *lawyers* du plus haut niveau, Gelb, Wilkins, Sullivan & Associates, GWSA, situé entre Madison et la 50e. Lucas l'avait rencontré dans un cocktail et les deux hommes s'étaient pris de sympathie l'un pour l'autre, parce qu'ils étaient radicalement différents. Gelb le sage, plus âgé, Lucas le furet, plus jeune, Gelb, l'équilibré, Lucas, l'inconstant. Gelb savait prodiguer son humour et sa bienveillance à Lucas. Il avait lu le scénario rejeté par Sacca.

— Ton ami Sacca ne se trompe pas. Tu ne t'es jamais vraiment affirmé. Faut peut-être laisser tomber ton ambition de cinéaste. Être lucide. Tu t'es déplacé dans la vie comme le poisson rouge qui cherche des grains dans le bocal. Sors du bocal, mon ami, sors, arrête de te déprécier, il n'y a pas de raison. Il n'y a rien de pire que l'autodépréciation, arrête de te consumer dans ce que tu appelles tes échecs. Tu cherches, tu te cherches, ne t'inquiète pas, tu finiras par trouver. Tu finiras par te trouver.

III

— Alors bon, puisque tu veux tout savoir, je vais te dire. Ce nom sur la tombe que ton indiscrétion maladive et jalouse t'avait fait lire, Thomas Peshkow, c'était celui d'un violoniste que j'avais connu près de la salle Pleyel. Tu te souviens peut-être que j'allais souvent là-bas pour suivre des cours de claquettes.

— Ah oui, je m'en souviens, on était encore bien ensemble.

— Ah non, Lucas, on n'était plus très loin de la rupture, plus si loin que cela. On dormait dans le même studio, le mien, certes, mais il ne se passait plus rien, admets-le.

— Oui, tu allais me larguer.

— Je n'emploierais pas ce terme, "larguer". C'est un peu dur. Disons que je cherchais autre chose et que nous n'étions plus en harmonie.

— Disons ça comme ça, OK.

— Bon, dit-elle, bon, eh bien, Thomas Peshkow. Il y a un bistro juste à côté de Pleyel où j'allais souvent, après les claquettes. Cet homme est entré, portant son étui de violon, irrésistible de beauté, avec un air différent, une sorte de mélancolie et de charme, de la désespérance, aussi. J'en suis restée immobile, c'était presque comme une apparition.

— D'un seul coup, tu veux dire, au premier regard ? Le cliché, quoi !

Élisabeth :

— Peut-être, mais ça arrive, le "coup de foudre", c'est une banalité, un cliché de la vie, sauf que ça existe, et que, là, quand ça se produit, tu perds tout contrôle. Il est vrai aussi que j'en avais assez de tes simagrées, de ton incurable adolescence. Il est probable que, inconsciemment, je cherchais une aventure, une passion, je n'allais pas bien du tout. J'étais prête à l'inconnu.

Lucas :

— Putain, mais comme j'ai pu me tromper à ton sujet ! Comme j'ai pu me tromper ! Je t'ai toujours envisagée comme la "blonde Racing", que rien n'effleure. Maîtresse d'elle-même. Jamais d'écart.

— Lucas, tu ne m'as jamais comprise, c'est tout. Pour la première et sans doute dernière fois de ma vie, continua-t-elle, c'est moi qui suis allée vers un homme. Ça ne se faisait jamais, ces choses-là, en ce temps, mais je l'ai fait. Je me suis dirigée vers la table où il était assis, au fond, sirotant un thé vert, et je lui ai dit mon nom. Je lui ai dit qu'il me fascinait, que je voulais tout savoir de lui. Il m'a regardée en souriant de ses yeux dans lesquels je voyais comme une brume slave. Il a souri. Nous avons parlé. On s'est aimés le soir même.

— Et ?

— Il repartait en tournée à l'étranger le lendemain. Il

accumulait une masse de concerts et de prestations, de Reims à Munich, de Milan à Londres, de Vienne à Bratislava, partout et nulle part, comme possédé par une impatience, ne jamais se poser, ne jamais s'installer, je ne lui connaissais aucune famille. Nous ne parvenions pas à nous revoir, mais je pense qu'en réalité il n'en avait pas envie. Pour lui, j'imagine, une nuit, c'était comme toute une vie. Ça lui avait suffi. C'est assez déchirant, quand tu le vis, mais c'est ainsi.

— Il habitait bien quelque part, tout de même, ton violoniste. Et ça s'est passé où, votre nuit d'amour ?

— À l'hôtel, Lucas, à l'hôtel, où d'autre ?

Un silence. Puis :

— J'ai appris un trimestre plus tard qu'il s'était suicidé chez lui rue Campagne-Première, un deux-pièces dans le 14e arrondissement.

— Rue Campagne-Première, mais non ! La rue d'*À bout de souffle*, au bout de laquelle Belmondo – alias Michel Poiccard – est abattu par les flics ? Il tombe, Jean Seberg arrive, il est au sol et il dit : “C'est vraiment dégueulasse”, alors elle dit : “Qu'est-ce que c'est, dégueulasse ?” Ton violoniste était un personnage de Godard.

— Je t'en prie. Ne ramène pas tout au cinéma.

— OK, d'accord, mais, pardonne-moi, ce n'est pas clair, ton histoire. Ce n'est pas très crédible. Pardon, mais qui l'a enterré ? Cette tombe, il a bien fallu que quelqu'un l'installe ?

— Oh, sans doute ses parents, moi je n'ai rien su, c'est au bistro près de Pleyel, toujours, qu'un de ses collègues m'a appris où il était enterré. J'avais lu des articles sur sa disparition dans la presse. Les spécialistes de la musique exprimaient un regret unanime. Les mélomanes disaient avoir perdu un soliste d'exception. J'ai eu du chagrin, j'ai basculé. J'avais fait un tel passage à l'acte avec Thomas, il fallait que je m'échappe, m'évade. Alors je suis allée au Père-Lachaise une seule fois, après t'avoir laissé sur le pont d'Iéna face à la tour Eiffel, après t'avoir écouté dérouler les "étranges" faits divers, sans y accorder beaucoup d'importance. Et j'ai quitté la France peu de temps plus tard pour l'Amérique.

Lucas :

— Élisabeth, tu es en train de me narrer une vie incroyable. Entre le suicide de ton mystérieux et mélancolique violoniste, les turpitudes pornographiques de ton cinglé de mari américain, c'est du roman, tout cela.

— Mais non, mon cher et tendre ami, c'est la vérité, c'est une vie. C'est-à-dire des fractures, des petites doses de ciguë, des erreurs, bien entendu, de jugement. Erreurs du corps aussi. Ce sont des concours de circonstances inattendus et, comme on n'a rien trouvé de mieux, on appelle ça le hasard, ce sont des croisements, c'est l'ego qui se brise et tu te bats, dès lors, pour simplement survivre à ce déraillement, pour retrouver une ligne de conduite. Pour chasser le poison.

Il réfléchissait. Ils avaient tous les deux voulu l'Amérique. Cela avait été un désir, un élan.

Lucas :

— Tu es partie comme moi, ou presque, à peu près aux mêmes dates. Mais pourquoi dans ces années-là, dans ces sixties, on foutait tous le camp ? Tous en Amérique ?

Elle eut un petit rire.

— Mais parce qu'il y battait le pouls du monde, un

monde en train de se transformer, le renouveau, je crois, parce que c'est là que ça se passait, que tout se passait.

— Attends attends, dans les sixties, ça s'est passé partout dans le monde, ailleurs, souviens-toi, il y a eu Prague, il y a eu Paris en 68, etc. – sauf que c'est en Amérique que tout a commencé, je l'admets. Il est vrai que c'est la nostalgie la plus importante que je puisse avoir d'une époque. Je l'aime tellement, cette époque. Les sixties !

Élisabeth eut un sourire fin. Elle aimait entendre ces phrases.

— Le mot nostalgie, dit-elle, je trouve que c'est un beau mot. Les Américains le prononcent rarement, as-tu remarqué ? C'est un peuple qui ne se complaît pas dans la nostalgie. Nous, Français, quand nous étions français, mais je le suis encore un peu, je le sais bien, nous disons toujours : "C'était mieux avant." Eux, ils disent : "Demain est un autre jour." Excuse-moi, Lucas, mais je dois te quitter. Un rendez-vous professionnel.

Elle se leva brusquement. Il se leva aussi :

— Ne pars pas sans que je te fasse un petit discours de nostalgie.

« Un discours de nostalgie ». La première fois que Simon & Garfunkel ont chanté dans Central Park. À quoi ressemblaient les vêtements de Rudi Gernreich ? Pourquoi Nixon était-il toujours aussi mal rasé ? Le choc des premiers films de Kubrick et le choc des premiers romans de Kundera. Paul Newman et Robert Redford, Delon et Belmondo. Quand on a vu le Concorde voler au-dessus de l'Arc, depuis l'avenue de la Grande-Armée. Quand on a senti l'horrible odeur venue des premiers McDo. Serge Gainsbourg et son génie et ses oreilles et la « beauté des laids ». Cette guerre est-elle ma guerre ? Quand pour la première fois, à la première représentation de *Hair*, Off-Broadway, on est tous montés sur la scène pour chanter « Let the Sunshine In ». Prat, Basquet et Matheu, les troisièmes lignes de rugby infranchissables. Le génie de Sagan et l'insouciance de ses copines. Elle a incarné un tournant, elle écrivait avec grâce, désinvolture et profondeur, elle s'était entourée de femmes et d'amis aussi libres qu'elle. Les Sagan girls. Les Jaguar et les Facel Vega qui tuaient des écrivains – un Prix Nobel, un dandy de droite, des mannequins, à l'époque on disait « mannequin », on ne disait pas « modèle ». Le Hully Gully et la raspa, Dario Moreno et le mambo, un paon vaniteux nommé Zitrone, un écrivain qui parle génialement de Scott Fitzgerald (Budd Schulberg). James Jones et son *Some Came Running* – Lee Harvey Oswald, pourquoi avait-il ce rictus au coin de la lèvre gauche ? Stone et Charden et les joueurs d'accordéon. John Lennon et le Dakota, et comment cet hôtel devint un lieu mythique. Dick Cavett et les débuts de Johnny Carson. Zimmerman, devenu Dylan, devenu le Freewheelin' Dylan, et Joan Baez – et de l'autre côté, Ferrat et Ferré et comment tout se passait ou presque dans un périmètre étroit de la rue Saint-Benoît – ou dans les périmètres pas moins étroits des rues du Village et de Washington Square. L'odeur des peaux de mandarine dans les wagons de deuxième classe. Otis Redding et Little Richard, Miloš Forman et Jack Nicholson. La ruée vers la Californie, son surf et ses campus, sa promesse d'un autre monde. Les yeux revolver. Qu'on est bien dans les bras d'une personne du sexe opposé, qu'on est bien dans les bras d'une personne du même sexe que soi. Dallas et les coups de feu et pourquoi peu de gens, en particulier les complotistes, ne s'arrêtent pas à cette question : pourquoi Oswald avait tué le policier Tippit. Jackie qui devient Onassis. Frankie qui aimait trop Ava. Annie Hall et Diane Keaton. Les périls du LSD. Les nuits du Palace. Yves Saint Laurent et Jacques de Bascher. Be bop a lula. Deux coups de tête de Zizou, Jacquet lui avait dit : « Ils sont pas très bons sur les coups de pied arrêtés, mets-toi bien où il faut. » Et comment l'Arc de Triomphe devient tricolore en 98. Et comment Clinton se ridiculisait avec Monica Lewinsky aux lèvres rouges et à la naïveté monumentale. Et De Niro : « *You talkin' to me ?* » Trini Lopez et Bernard Pivot. Edward Hopper et Marc Bloch. Et « Hey Jude ». Tu en veux encore ? J'en ai plein ma tête et mon cœur. Secouez-moi, je suis plein de souvenirs plus que de larmes.

Tous ces regrets, tous ces regards, toutes ces joies, tous ces baisers volés, la tendresse de Truffaut et la beauté de « Bonnie and Clyde », les yeux de Catherine Deneuve, la voix de Françoise Hardy, les yeux d'Angie Dickinson et la voix de Lauren Bacall, la profonde et mystérieuse énigme de ce phénomène : la nostalgie. C'est-à-dire l'affection pour ce qui a eu lieu, pour notre passé, et qui ne se reproduira pas, ce qui a pu nous relier les uns aux autres, la nostalgie comme une « religion », le ciment de l'unanimité.

La formule était puissante, certes, celle imposée par

le livre de Simone Signoret : « La nostalgie n'est plus ce qu'elle était. »

Elle en tira gloire et cela lui permit d'effacer en partie la blessure fatale infligée par ce butor de Montand qui avait fait le beau avec Marilyn Monroe. Mais Signoret se trompait. Ce titre ne s'arrête pas à son livre, car la nostalgie est toujours là. La vérité, c'est qu'elle est aussi présente que les pins du Montana, les galets de l'Atlantique au bord de l'Oregon, les rivières polluées par les grands laboratoires américains en Virginie-Occidentale, elle est aussi présente que le vol, au-dessus des lavandes, de papillons en Drôme provençale ou que les chants des « corons » dans le Nord. La vérité, ma vérité, c'est : « La nostalgie est toujours ce qu'elle est. »

Les circonstances sont bien peu de chose, le caractère est tout ;
C'est en vain qu'on brise avec les objets et les êtres extérieurs ;
On ne saurait briser avec soi-même.
On change de situation, mais on transporte dans chacune le tourment dont on espérait se délivrer ;
Et comme on ne se corrige pas en se déplaçant,
L'on se trouve seulement avoir ajouté des remords aux regrets et des fautes aux souffrances.

BENJAMIN CONSTANT

IV

Le lendemain, à la même heure, dans ce même bar aux parois de palissandre acajou, aux lumières vertes au-dessus du comptoir, Lucas, vêtu de gris – gris comme les cendres du 11 septembre, le *Nine eleven*, dont, comme la plupart des Américains, il ne se remettrait jamais –, attendit Élisabeth. En vain.

Je suis un fieffé imbécile, se dit-il. Nous avons entamé un processus de rencontres, ça me séduisait, j'avais le sentiment que cela lui plaisait aussi que nous réparions, ensemble, le fameux « rendez-vous manqué », et voilà qu'elle s'absente et je ne lui ai même pas demandé son numéro de téléphone ni son adresse. Ça doit bien se trouver quand même. Sauf que je ne connais même pas son nom de famille – a-t-elle gardé celui de ce Bradford ? Je vais peut-être demander à Louis Gelb de m'aider. Qu'on ne me dise pas que je ne peux pas retrouver quelqu'un facilement dans cette ville. Mais oui, je suis con, il suffirait que je me pointe dans l'immeuble de ses magazines, chez

CNB, mais j'aurais l'air ridicule. Il craignait toujours le ridicule. Il ne voulait renouveler aucune de ses erreurs de jeunesse. Je l'aurais embarrassée encore une fois. Il faut peut-être laisser passer du temps. Il ne s'imaginait pas arrivant dans le hall du grand groupe de presse sur Madison Avenue, avec l'embarras que cela provoquerait :

— Pardon, madame, vous avez certainement une responsable de votre régie, une femme importante qui s'appelle Élisabeth – j'ai oublié son nom.

— *I can't answer that, sir. Will you please leave or I will call security.*

On était dans des temps où tout était devenu suspect. L'après-*Nine eleven* avait modifié certaines attitudes. Il imaginait très bien ce qu'il se serait passé, et comment on l'aurait viré. Il y avait des caméras partout. Si vous n'aviez pas une raison tangible de traverser le hall de cet immeuble, si vous commenciez à poser des questions incongrues, suspectes, un ou plusieurs gardiens vous auraient vite éconduit. Vous vous seriez retrouvé avec des flics, des lumières bleues, n'importe quoi, et il ne voulait pas que cela se déroule ainsi. Il ne fallait pas compromettre Élisabeth.

Du temps passa. Il se passa des choses. En Afghanistan, dans les montagnes de Tora Bora, l'ultime poche de résistance des combattants d'al-Qaida avait été attaquée. Dans un vol Paris-Miami, un passager, Richard Reid, tente de faire exploser ses chaussures. Le premier film de Harry Potter sort au cinéma, gros succès. Pékin remporte l'organisation des JO d'été pour 2008. Gilbert Bécaud meurt en décembre. Le prix Nobel de littérature est attribué à Naipaul. Tout cela dans l'ordre ou le désordre, dans le déferlement et le passage du temps. Les vents des guerres. Des millions de morts, des millions de naissances.

Lucas décide de ne plus se présenter au Sherry Netherland. Il est occupé provisoirement par un nouveau job – il est rédacteur pigiste dans une agence de publicité qui produit et fait tourner des spots, ça ne paie pas mal, il a une liaison avec la secrétaire d'un des patrons de l'agence, mais cela ne dure pas. Les patrons se ressemblent tous, ils portent des chapeaux Fédora à la Sinatra, ils sirotent des martinis, ils fument des cigarettes et des cigares et ils s'imaginent être les maîtres du monde. On les appellera des « Mad men ».

Il n'oublie jamais Élisabeth. Il lui arrive fréquemment de se remémorer quelques-uns de leurs dialogues. Elle ne quitte pas son esprit. Elle avait tellement plus de valeur, de solidité, d'intérêt que les New-Yorkaises que Lucas fréquentait irrégulièrement. Élisabeth ne s'adonnait pas au système de domination des femmes américaines. Au bout des choses, au bout du temps, ce qui comptait avec elles, c'était l'argent, et comme il en avait peu, il ne les intéressait guère. Élisabeth chantait une autre chanson.

Il se souvenait de certains de leurs échanges au Sherry Netherland. L'un d'entre eux l'avait touché :

— Tu as eu des enfants ? avait demandé Élisabeth.

Lucas :

— Non, je n'en ai jamais eu.

— Alors tu es toi-même encore un enfant. Un homme qui n'a pas été un père est-il véritablement complet ?

Lucas :

— Dis-moi donc ce que cela veut dire, "être complet", et je te répondrai.

— Eh bien, je vais te dire. Tu n'as pas connu la naissance, les premiers cris, les premiers pleurs, la croissance, la divine création sous tes yeux, tu n'as pas touché la peau douce d'un bébé, tu n'as pas touché sa nuque de soie, senti l'odeur de ses jambes, joué avec les doigts de ses mains, tu ne t'es pas habitué à des gestes tendres, quotidiens, les couches qu'on change et les devoirs le soir à la maison, tu n'as pas pleuré à ses premiers accidents, ses premiers problèmes, tu n'as pas couru vers l'hôpital alors qu'il était tombé et que l'on a craint un traumatisme crânien, tu ne t'es pas retrouvé à nouveau à la clinique lorsque le second est né et tu n'avais pas vu battre son cœur aux échographies, tu n'as pas assisté à la symbiose qui a commencé à exister entre les deux enfants, tu ne les as pas vus grandir, tu n'as pas eu le bonheur d'avoir un jour un bon bulletin scolaire, ou un autre jour une conversation avec des parents qui te font un compliment sur la manière dont ils étaient élevés, tes enfants. Tu n'as pas connu les peurs, les tristesses, les bonheurs, les surprises, tu n'as pas assisté, chaque jour de ta vie, à la création, l'évolution, les changements qui attendrissent ou enthousiasment – les dents qui poussent et la première balade à vélo, les subtils passages à un autre âge, les premiers duvets sous les narines, ton garçon va avoir des poils, la poitrine de ta fille, voici comme une amorce, elle est déjà en chemin vers la femme, tu n'as pas compris que, désormais, ton regard sur la vie et les autres, adultes et enfants, ne sera plus le même, tu feras fi de ton narcissisme ou ton égocentrisme, tu te donneras aux autres, tu n'as pas pu jouir de l'épanouissement lent mais aussi rapide de ces êtres à qui tu as donné le jour. Tu n'as pas été un père, tu n'as pas su ce que c'est de rire, souffrir, aimer, dormir, marcher, jouer avec des enfants de Dieu qui peu à peu vont grandir et devenir ce que tu n'avais pas forcément souhaité qu'ils deviennent. Voilà ce que ça veut dire, pour moi, être complet, cela tu ne l'as pas connu. Voilà ma réponse. Évidemment, ça ne fera pas de toi un "homme complet", mais tu ne seras plus un vieil enfant.

Lucas était resté muet. Il se souvenait d'autres échanges. Elle lui avait livré plus de confidences sur les années de son mariage chaotique. Elle parlait aussi de ses propres parents. Lucas n'avait jamais rien su de la famille d'Élisabeth. Du temps de leur jeune couple, dans les années 60, elle ne l'avait pas « présenté » à sa famille. « Avais-tu honte de moi ? » lui demanda-t-il. « Non, non, tu sais, je voulais confirmer mon indépendance. Ils vivaient dans le Gers. Je n'allais pas t'emmener là-bas. » Dans leur dialogue retrouvé, dans ce nouveau rendez-vous qui effaçait l'ancien, ils se disaient qu'ils avaient été comme des petits lionceaux agiles et fugaces, désireux de se séparer des mères dominatrices ou des pères sévères. Leur « ensemble » avait eu, au moins, ce mérite : il leur avait permis de couper les cordons ombilicaux. Ils revécurent, ainsi, leur liaison, sans complaisance, avec le regard clair de l'âge.

Lucas se disait alors, en se remémorant ces dialogues du Sherry Netherland :

— Mais à quoi tout cela a donc rimé ? De quoi s'est-il agi ? Qui sommes-nous ? Deux adultes qui échangent des banalités, qui s'envoient des vérités premières (Georges Courteline : "*Il pleut des Vérités Premières / Tendons nos rouges tabliers*"), tout cela pour ressasser un passé lointain ? À quoi cela a-t-il servi ? Certes, elle t'intéresse, elle te passionne, en fait tu l'as toujours aimée, mais si elle n'est pas venue au dernier rendez-vous c'est que ta petite personne, le souvenir de tes sautes de caractère, ton humeur l'ont probablement à nouveau troublée. Elle a dû chercher de la distance. Alors oublie-la, veux-tu. Reste une question : as-tu un tel besoin d'aimer, ou bien d'être aimé ?

Son aquoibonisme reprenait le dessus. Une fois tous les dix ou quinze jours, il partageait quelques dry martinis avec Gelb dans les salons du Knickerbocker Club – sur East 61e Rue. Gelb en était membre et Lucas aimait l'atmosphère ouatée, discrète, si différente de celle des bistros du Village – il goûtait ces contrastes. L'endroit respirait le pouvoir et l'ancienneté, sans ostentation. On était entre gentlemen. Lucas y appréciait une sorte de réconfort après ses travaux à l'agence de pub, encombrée de bluffeurs et de « créatifs », envahissants et vaniteux. Louis lui donnait régulièrement quelques conseils.

Cet homme avait une voix douce, à peine audible.

Pour les amis et collaborateurs de l'avocat, il s'agissait d'une stratégie : plus tu parles bas, plus on va t'écouter. Ils n'avaient rien compris, car Louis ne leur confiait pas que cette propension au chuchotement lui venait de son enfance lorsque son père le dissimulait dans la soupente de leur boutique de vêtements à Białystok, en Pologne occupée, pour échapper aux rafles nazies. Il était là, le mystère du célèbre avocat. New York était le havre vers lequel Gelbovitz, devenu Gelb, et tant d'autres réfugiés s'étaient enfuis. La famille avait réussi à passer par l'Allemagne, la France, l'Espagne, et puis le Maroc, et puis le Brésil, et enfin l'Amérique ! L'un des plus éminents membres de la haute finance de New York, le banquier d'affaires Felix Rohatyn, qui deviendrait plus tard ambassadeur des États-Unis à Paris, avait confié à un chroniqueur français de ses amis, au cours d'un déjeuner au Tong Yen, rue Jean-Mermoz :

— Lorsque j'ai débarqué à New York, j'ai su que je n'étais plus un étranger.

Lucas, qui habitait un petit deux-pièces dans Red Hook, à Brooklyn, pas loin de Williamsburg, savait qu'il chérissait New York essentiellement pour cela. Tu n'es pas un étranger ici, tu appartiens au monde, puisque New York c'est Istanbul plus Vienne plus Tokyo plus Milan, c'est le monde. Dans ton joli petit discours récent sur la nostalgie à l'intention d'une femme qui t'obsède, tu as mêlé des éléments français et parisiens puisque, à plusieurs reprises, tu étais revenu dans ta ville natale. Mais tu ne t'es jamais détaché de ton amour pour la

Grosse Pomme. Il y a des gens qui vous disent : « Ah, New York ! C'est l'électricité, l'énergie, la dynamique, le chantier permanent, le mixage et le métissage, l'invention, l'inconnu et surtout la vigoureuse capacité de rebondir. » Mais il est vrai aussi, et il le vivait et l'avait vécu, que c'est la cruauté, la brutalité, l'hypocrisie, les sourires d'apparence, la course aux dollars, l'explosion de l'ego. Tout cela, oui, pensait-il, mais c'est ici que je finirai par devenir ce que je n'ai jamais réussi à être. Tu es accroché à Brooklyn et au Village, tu es accroché aussi à Manhattan, deux univers, il y a d'un côté les délinquants, les camés, les violents, les artistes, les cons venus d'un peu partout et qui parfois vous trompent et trichent, et puis il y a les intelligents, les gentils, ceux qui vous aident. Il aimait tout cela, il aimait Little Italy, les squares et les parcs, la fumée qui monte des bouches au milieu des rues, la contemplation des visages dans le métro, la vie des petites boutiques qui ne ferment pas, puis le Brooklyn Bridge où Sergio Leone avait filmé un plan inoubliable – les bosquets de Seward Park, la nuit qui n'est jamais la nuit, le hululement des sirènes de police, avec leurs gyrophares bleu foncé, le bruit insupportable dans les restaurants, les vols de mouettes au-dessus de l'UN Building, les buveurs de bière sur les bancs du Yankee Stadium, la frénésie culturelle de Tribeca.

De son côté, Élisabeth, lors de leurs conversations au Sherry Netherland (ça lui manquait, ces dialogues, cette entente, cette complicité, cette sensation tenace de tomber sous le charme de cette femme), lui avait fait part de sentiments analogues :

— J'ai fait mes études à Vassar, quatre années de

college, des copines anorexiques, des copines brillantes, certaines géniales. J'ai conservé des liens très forts avec elles. J'avais obtenu une bourse là-bas. Après mon diplôme, la seule chose à laquelle j'ai aspiré c'était de venir ici à New York, la grande ville. J'en suis tombée amoureuse. Ni toi ni moi n'avons fui la répression, une menace quelconque, comme les générations de réfugiés venus de toute l'Europe pour échapper à l'intolérance – certes, mais nous avons été attirés, happés, grisés par cette ville, parce que ce n'est pas une ville. Le mot est trop faible. Aujourd'hui, mes enfants ont grandi, et maintenant qu'ils sont loin, une fille dans l'Oklahoma, un fils en Californie, je serais en droit de me dire : "Et si tu rentrais en France ? Et si – je ne suis pas très âgée, et toi non plus – je remontais la rivière comme le saumon qui revient vers la source de sa naissance ?" Il m'arrive de m'interroger, j'ai tellement pris de coups dans ma vie, c'est ici que je les ai pris, mais je l'aime, cette ville, et elle me possède.

Lucas avait répondu :

— Oui et non, c'est une tentation, mais tant que je n'aurai pas au moins fait quelque chose dont je pourrais être fier, ici, à New York, j'y resterai.

Gelb est vêtu d'un costume en lin et cachemire, bleu foncé, fait sur mesure, par Vincent Nicolosi. Il porte une cravate en tricot à pois blancs sur une chemise ourlée par Alex Kabbaz, un couturier d'Amagansett. Il porte aussi un gilet. Lucas sait qu'au Knickerbocker il faut mettre une cravate. Il porte une veste de tweed à rayures, genre

Ralph Lauren, sur un pantalon sombre avec des plis et des mocassins à pompons peut-être achetés il y a longtemps chez Brooks Brothers. Il a plutôt un air de vieux *preppy* des années 60 mais cela n'a pas fait sourciller le portier du Knickerbocker. Dans le regard de Louis Gelb, on peut deviner une indulgence souriante, la marque de celui qui a tout vu et tout vécu. Lucas éprouve à son égard une sorte de vénération. Cet homme est un repère pour lui, un point fixe, une ancre. De tous les gens, hommes ou femmes, qu'il a pu rencontrer dans sa vie chaotique et saugrenue, dans ses improbables tentatives de « faire quelque chose », d'« être quelqu'un », Louis Gelb est celui dont les paroles l'ont le plus apaisé.

— Je t'ai déjà dit que se déprécier comme tu le fais, cher Luc, et trop souvent, n'aboutit à rien. L'autodépréciation va vers le doute et le doute va vers la dépression. Tu ne veux tout de même pas être déprimé. C'est la pire des maladies. Alors tu vas m'écouter : j'ai deux choses à te dire et elles sont sans rapport réel l'une avec l'autre. Je vais te parler d'abord d'Élisabeth.

— Quoi ?

— Mais oui, je la connais, bien sûr, ne prends pas cet air surpris, c'est moi qui l'ai divorcée. Elle avait épousé un véritable malade. Le fait divers glauque et jamais tout à fait résolu, les infidélités multiples, je pense même qu'il a dû la battre une ou deux fois. Il avait gagné beaucoup d'argent dans le monde du football professionnel, avec les NY Jets – coaching, conseil, allant plus loin avec du blanchiment d'argent et des passages de drogue, va savoir, ce type était une pure ordure. Les ordures, quand elles sont friquées, on les dépouille ! Je peux te dire qu'elle a obtenu un très beau divorce et une belle pension – de quoi bien élever ses enfants –, d'autant plus que, par ailleurs, elle a un très beau job. Elle vit dans un bel appartement dans East 70ᵉ Rue, pratiquement face à la synagogue. Tu l'intéresses.

— Comment ça ? Pourquoi tu dis ça ? Tu l'as vue ? Vous avez parlé de moi ?

— Écoute, Lucas, c'est un tout petit monde et puis tu n'es pas le seul à qui l'oncle Gelb prodigue ses conseils. Il y a des jours où je me dis qu'au lieu d'être *lawyer*, j'aurais dû être psy ! C'est normal, c'est un petit monde, on a beau te parler de mégalopole, nous avons notre village à nous, celui de Chelsea, d'Upper Manhattan et de quelques autres quartiers.

L'homme à la voix douce dont, un jour, les Mémoires obtiendraient un prix Pulitzer, pose ses minces lèvres sur le rebord du verre de dry martini (« Il est un peu trop dry, ce soir ») :

— Eh bien, un jour, tu la reverras. C'est facile à New York. C'est une ville de grande solitude, certes, mais c'est aussi une ville de perpétuelles rencontres et de perpétuelles recherches. Laisse faire le temps. Et voilà, et ça suffit pour ta blonde. Maintenant, je veux te parler de toi, mais je vais te laisser finir ton verre.

Lucas pensa soudainement à son propre père. Il avait pris un vol pour Paris, fin 1990, pour ses obsèques. Sa mère l'avait embrassé avec sa retenue habituelle, son vocabulaire restreint et humble :

— Pourquoi n'es-tu pas venu plus souvent le voir ? Vous ne vous êtes jamais vraiment dit les choses.

— Je sais, maman, mais tu sais bien qu'il était brisé par la mort d'Antoine.

— Non, Lucas, il n'était pas brisé – il était usé. Le chagrin l'avait usé, comme moi. Et tu as eu bien raison de nous quitter, tu ne pouvais pas vivre et t'épanouir avec ce fantôme qui hantait notre maison. Mais je peux te dire que tu lui as quand même manqué.

Il y eut des larmes entre eux et, aux obsèques, il aperçut de nombreux hommes dans la soixantaine ou plus, du format de son père. Des financiers, des industriels, des entrepreneurs. Lucas devait à deux d'entre eux les lettres de recommandation qui lui avaient permis de ne pas débarquer dans l'inconnu à New York. Et c'était grâce à son père. J'aurais dû au moins lui exprimer ma gratitude. Combien d'enfants devenus adultes ont-ils eu ce regret, ce « j'aurais dû », ce « on ne s'est pas assez parlé » ? Combien d'entre nous se sont posé la question, le père et la mère une fois disparus : « Comment et pourquoi ai-je donné autant de place à mon égoïsme ? Comment et pourquoi ne leur ai-je pas dit mon amour, pourquoi ai-je accordé tant d'importance à ce qui n'en avait pas ? »

Il sut dire tous ces mots à sa mère et reprit un vol pour New York. À près de soixante ans aujourd'hui, Lucas était encore en manque de père et d'une certaine manière c'était Louis Gelb et son expérience, la finesse de son jugement, le grand avocat de Gelb, Wilkins, Sullivan & Associates, qui comblaient ce vide.

Il se souvenait aussi que ses parents n'avaient plus touché à quoi que ce soit dans la chambre du fils aîné.

Il y avait l'uniforme d'Antoine, ses médailles posthumes, il y avait les cahiers de l'étudiant brillant et travailleur, que son père avait imaginé parvenant au plus haut grade et aux plus hautes fonctions de l'État, jusqu'à se faire l'illusion qu'un jour son fils présiderait la France. Il repensait à tout cela. Qu'aurait dit Antoine, s'il avait survécu, de mes propres échecs, mes vagabondages inutiles, mes balbutiements professionnels ? M'aurait-il montré un autre chemin ?

Louis Gelb :

— Alors donc, venons-en à toi, Lucas Marcadet, bon à rien, bon à tout, qui ne fait pas son âge, bel homme mûr, ancien et insolent prétentieux de 20 ans passé par Hollywood, le Viêtnam, le solennel emmerdement des petites villes du Middle West où tu as exercé tous les jobs, les chausse-trappes de liaisons courtes et ruineuses, la machine à laver de New York, la centrifugeuse de Midtown autant que le rouleau compresseur des pubards de Madison Avenue, toi qui as fait des piges chez les antiquaires de la 56e, toi qui as fait la plonge dans les restos italiens de la 3e Avenue et de la 36e, qui as même servi de guide pour des touristes dans Central Park (« Nous abordons maintenant l'espace appelé Strawberry Fields »), toi qui as été caissier au MoMA, chef de rang à la Neue Galerie, et momentanément assistant metteur en scène dans un mauvais *musical* dans la 44e à Broadway, j'ai déjà oublié le nom – le *musical* a fait un sacré flop, rappelle-toi –, toi qui as écumé tous les bistrots du Village, qui as joué aux échecs avec des Russes à Washington Square, qui as occupé un poste à la New York Library, toi le mal-aimé, le *drifter*, le vagabond, le *wanderer* qui auras goûté à toutes les sauces de tous les *frankfurters* et tous les hot dogs avalés à la sauvette dans la 44e Avenue entre deux rendez-vous pour une candidature à un job de traducteur chez ABC ou d'assistant à CBS, toi qui as côtoyé des gens qui, à ton image, n'ont jamais cessé de bouger, changer, se transformer et aussi se détruire, tu ne crois pas que ça constitue une histoire, tout cela ?

— Comment ça, "une histoire" ?

— Eh bien, Lucas, la somme de tes expériences et de tes actes manqués, cette vie mouvementée, c'est un récit ça, mon cher, ça peut se raconter, c'est un sujet. Réfléchis, Lucas, réfléchis à ce que je viens de te dire. La parfaite imperfection de ta vie peut constituer la base de ton récit. Réfléchis à ce que je te dis et ne reviens me voir que lorsque tu auras trouvé comment utiliser cette parfaite imperfection à bon escient.

Il se leva, lui serra la main, et les deux hommes se séparèrent sur les marches du Knickerbocker. Lucas ne cessait d'entendre la sentence du sage : « la parfaite imperfection de ta vie ».

V

Dans le jour qui tombait, alors que s'allumaient les myriades et cascades de lumières des buildings, toutes ces tonnes de béton, de verre et d'acier qui grattaient le ciel pour que la nuit n'existe jamais, Lucas, sortant du Knickerbocker, après avoir profondément remercié Gelb, décida de marcher, marcher, marcher.

Comme une multitude de ses contemporains, il trouvait dans la marche un rythme, une musique qui lui permettait de « réfléchir », comme le lui avait suggéré Louis Gelb. Il décida qu'il descendrait toute la ville, bifurquant d'une rue (la 60e) à une autre, d'une avenue (la 3e) à une autre, longeant des cathédrales, des hôtels, le Madison Square Garden où il avait vu Frazier démolir Ali et entendu Sinatra chanter « It Was a Very Good Year », tout cela prenait du temps mais il ne comptait pas les heures. Le sommeil lui était interdit.

Le ciel était désormais bleu sombre et les phares éblouissaient le bitume, il s'arrêtait dans un coffee shop de la West 27e Rue, buvait un café et grignotait un BLT (*bacon, lettuce and tomato*), il croisait les Blacks et les Ritals, les Chinooks et les Latinos, les Sikhs enturbannés et les flics aux ceintures lourdes de leurs menottes et de leurs pistolets dont la crosse ressortait avec une certaine morgue. Il avait quitté Midtown maintenant et se dirigeait, la tête de moins en moins brumeuse, les idées de plus en plus claires, vers Chelsea, ce qui l'emmènerait enfin au Village, à Greenwich ou à Bleecker Street, puis dans l'East Village, où il longerait les bars, les pizzerias, les minuscules boîtes de jazz, les boîtes de stand-up, en particulier dans East 7e, East 5e et East 6e, dans ces endroits où, plus tôt dans les années 50 ou 60, des petits génies inconnus comme Lenny Bruce, Mort Sahl, Dick Gregory, Richard Pryor avaient fait leurs débuts. Ils avaient inventé un genre dans l'humour et la dérision, l'autodérision, au Comedy Shop et au Comedy Club. On appelait ça le stand-up.

Ils avaient donc besoin de quoi, tous ces amuseurs en solo ? De rien. Un tabouret, quelques planches de bois face à des buveurs accoudés au comptoir, pour débiter leurs *one-liners*, leurs répliques d'une ligne. Le principe était de faire rire à peu près toutes les cinquante secondes, voire moins. Lucas avait passé des soirées entières avec amis, filles et garçons, dans ces cabarets où il n'y avait jamais plus de 80 à 100 spectateurs.

Le stand-up était devenu un art d'une vitalité et d'une réactivité inouïes qui ferait bientôt le tour du monde. À Paris aussi, quelque temps plus tard, ce format d'un homme (ou d'une femme) sans accessoire, sans musique, délivrant des « lignes » pour faire rire de tout et de rien, serait magnifié et symbolisé par deux garçons venus d'ailleurs : Gad Elmaleh, et, prince de l'improvisation et du rire provocateur, un certain Jamel Debbouze.

Il y avait aussi Joe's Pub au 425 Lafayette Street. Lucas finit par s'arrêter devant les portes de cet établissement. Il se faisait très tard. Eh bien, ça y était. C'était cela, Louis avait raison, c'était cela qu'il fallait faire. Lucas connut une sorte d'épiphanie. Épuisé par son interminable marche à travers la ville, il fit encore quelques pas pour enfin s'adosser à la petite barrière de bronze qui donnait sur l'entrée d'un *comedy club* de la 4e Rue. Lucas savait – enfin ! – ce qu'il allait faire.

Il prit son temps. Il étudia les archives des années 60 et 70 – il révisa ce qui, à ce moment-là, en 2002, pourrait constituer la matrice de sa propre *comedy*, et comment le stand-up avait évolué. Il avait démissionné de son job chez les pubards de Madison, vivant sobrement grâce à quelques économies et à un transfert inattendu provenant de l'héritage de son père à Paris. Par ailleurs, et il n'était pas mauvais dans cet exercice, quelques gains au poker lui permettaient de se préparer sans avoir à chercher d'emploi. Il n'aurait changé d'appartement pour rien au monde.

Il avait beaucoup de chance. Du haut de ses fenêtres, il pouvait contempler les quais, le *waterfront,* les entrepôts en briques d'argile rouge devenus des magasins de fringues ou des débits d'alcool. Mais surtout, il pouvait voir l'Hudson, le grand fleuve au milieu duquel un jour, en janvier 2009, un pilote plein de sang-froid et à l'esprit de décision singulier, un nommé Chesley « Sully » Sullenberger, réussirait à amerrir l'US Airways 1549 après la perte de deux réacteurs que des oiseaux avaient obstrués. Il sauvait ainsi 155 passagers et les membres de l'équipage. On l'avait qualifié de « héros » et, si les mots avaient encore un sens et un poids dans cette époque où l'hypertrophie verbale envahissait tout et donc atténuait tous les termes, celui de héros, pour Sully, était justifié. Il avait ce que l'on pouvait appeler *the right stuff* – l'étoffe des héros.

Après avoir contemplé l'Hudson, avoir un peu dormi, bu beaucoup de café, Lucas entreprenait de griffonner, sur un cahier jaune à rayures format écolier, des sketches, des « lignes » qui permettraient de faire rire. Il utilisait le gros crayon jaune et vert, celui des écoliers, « *my first* » – Ticonderoga HB 12 –, cet objet lui tenait lieu de fétiche. Il en avait acheté trois douzaines. Il aimait, au moyen de sa grosse gomme violette, effacer ses maladresses. Quand il avait trouvé une belle « ligne », il portait le crayon à ses lèvres, comme pour l'embrasser. Il aimait ses mots. Il les gueulait à voix haute dans son petit logis de Red Hook, il n'était pas malheureux. Il avait appelé Louis :

— Je crois que ça y est, j'ai trouvé !

On était en 2002. Après le viol des tours par les Boeing des terroristes saoudiens, George W. Bush avait défini « l'axe du mal ». Et l'Oscar du meilleur acteur devait revenir à Denzel Washington, celui de la meilleure actrice à Halle Berry et celui du meilleur film à *Un homme d'exception* (titre original : *A Beautiful Mind*). Les César en France étaient allés à Michel Bouquet, acteur, Emmanuelle Devos, actrice, et *Le fabuleux destin d'Amélie Poulain* comme meilleur film. Il y avait eu un ouragan monstre prénommé Lili en Louisiane. Le jazzman Lionel Hampton était mort à 94 ans – en France, François Périer disparaissait. Jean-Jacques Goldman entamait sa dernière tournée. Et Chirac disait : « Notre maison brûle. »

Élisabeth, promue cheffe de toutes les régies des magazines du groupe, passe un week-end dans les Hamptons chez Tricia qui finit par lui faire quelques avances, qu'Élisabeth décline courtoisement. Elle avait dîné aussi chez des amis à Beach Lane, dans Wainscott, dégusté des glaces à Candy Kitchen, à Bridgehampton, suivi un *horse show* à Southampton où les mêmes gens, tous habillés de la même manière, lui avaient procuré comme un sentiment de déjà-vu. Du chic, du fric, de l'élégance, mais aucune surprise. Aucun homme ou aucune femme qui l'ait impressionnée.

À son retour à New York, lors d'une pause-café dans les bureaux de Madison Avenue, une rédactrice du magazine lui avait signalé la présence d'un nouveau comédien de stand-up au Village :

— C'est assez original. Tu devrais y aller.

Avec le soutien de Sacca, de quelques amis du Village, Lucas avait en effet fait ses premières prestations chez Carolines, sur Broadway. C'était là que Seinfeld avait débuté. Ça ne s'était pas trop mal passé pour Lucas. Il avait ensuite rejoint Chelsea et le Gotham Comedy Club sur la West 23e. Il avait mis au point un numéro intitulé

« *The only Frenchman who never succeeded in New York* », « Les déambulations du seul Français qui n'ait jamais pu réussir à New York ».

Debout, chemise blanche et pantalon noir, un tabouret de bois sur sa gauche, Lucas n'avait ressenti aucun trac. Sa dérision, son ironie, cette autodérision qui l'avait accompagné toute sa vie le confortaient et l'aidaient. Son goût inné pour le rôle d'histrion – « ne fais pas le zouave », lui répétait Antoine – était devenu son arme. Il faisait le zouave et il y trouvait une joie indicible. Son accent était à peine audible. Il fallait même qu'il le force un peu pour jouer exactement le *Frenchman*. Tout son numéro reposait sur ses perpétuelles erreurs, ses perpétuels échecs, face aux « fantastiques réussites » des Français dans l'Upper East Side. Ils devenaient tous riches et célèbres, à coups de brioches, baguettes, paniers composés, crêpes, croissants, épicerie fine, foie gras, yaourts à la lavande, glaces au miel de Provence, ils avaient « tous réussi, tous sauf moi ». Il cherchait la clé, ça faisait partie des moments les plus drôles : « Je vais peut-être faire dans le saucisson à la truffe. » Ses multiples déboires en Amérique l'avaient amené à se retrouver ainsi sur les planches, devant un mur de briques noires, face à des inconnus qu'il voulait séduire. Une sorte de bouche-à-oreille avait doucement démarré. Parmi les 40 à 60 000 francophones de la ville, le haut du panier, ceux dont les enfants allaient au lycée français, mais d'autres aussi, moins bobos, venus de Larchmont ou de New Rochelle, et aussi des Haïtiens, ceux du Queens, de Flatbush, de Brooklyn, s'était constitué ce qu'on appelle un socle de fidélité, et un « buzz » avait démarré. Lucas sentait enfin s'assouvir ce que Louis Gelb, qui était venu l'applaudir, avait appelé : « ton désir éperdu de reconnaissance ».

Un soir, il en était à la dixième minute de son show, il crut apercevoir au fond de la salle, au milieu d'un groupe de quatre ou cinq femmes, une veste orange et des cheveux blonds. Calme-toi, concentre-toi, pensa-t-il, ne perds pas le fil de ton numéro, ne regarde pas aussi loin. Fais ton truc, tu as encore plus de cinquante minutes pour gagner ton public.

Une fois le show terminé, il voulut rejoindre assez vite sa loge, cette minuscule enclave qu'on lui avait prêtée afin de se changer, car il fallait souvent changer de chemise, c'était un de ses problèmes, il suait beaucoup. Il voulut se diriger vers les rangs du public, trébuchant sur un jeune serveur (« *Watch your step, my friend !* ») et il avançait difficilement parmi les gens qui sortaient ou entraient car un autre stand-up allait démarrer, celui d'un type très fort, sans doute plus fort que lui, son show était plus littéraire. Lucas ne découvrit personne de sa connaissance.

Il but alors une Coors au comptoir, sous les globes lumineux. Il se sentait vidé, fatigué, comme souvent après une représentation. L'adrénaline l'avait fui. Il récupérait lentement. Le barman, Jaycee, 25 ans, barbe et cheveux longs, accent légèrement canadien, l'interpella :

— Alors, c'était bien, ce soir, Luke ? *You did good ?*

— *So so,* Jaycee, comme ci, comme ça. *Thanks.* Et toi, beaucoup de consommations ?

— Oui, oui, ça a bien marché, j'ai fait pas mal de blé.

Jaycee se pencha vers lui et lui tendit un dessous-de-verre en papier maché plié en deux :

— Tiens, en partant, quelqu'un a laissé ce mot pour toi.

Lucas lut sur le dessous-de-verre, écrit au stylo à bille, couleur rouge : « Demain 12 heures. Sherry Netherland. »

VI

Il faisait beau.

— Tu m'as épatée, hier soir. Tu as dû beaucoup travailler pour en arriver à ce stand-up. C'est surprenant et franchement, c'est chouette. Je dois t'avouer que c'est vraiment bien.

Il y avait peu de monde dans le bar-salon du Sherry Netherland. Dehors, la 5e Avenue bourdonnait. Le personnel de l'hôtel semblait avoir changé depuis un an et quelques, mais l'ambiance, créée par la couleur acajou des parois et par le vert foncé des lampadaires et des fauteuils Richelieu, le respect d'un certain silence – ce qui était rare à Manhattan, et qui le changeait du joyeux désordre des bars de Greenwich Village –, tout cela était immuable. Rituel. Lucas aimait les rites. Il croyait que cela le protégeait.

Élisabeth portait un ensemble beige, pantalon de toile, avec un large ceinturon en cuir tressé, une grosse fermeture qui ressemblait à un bijou navajo, une chemise blanche – une petite veste boléro, couleur daim naturel. Aux oreilles deux petites perles, toutes simples. Un petit sac en cuir en bandoulière. Il ne cessait d'être envoûté et séduit par son élégance, sa classe – ce qui précisément intriguait les New-Yorkais à propos des Françaises car, si Élisabeth était naturalisée américaine depuis longtemps, elle représentait ce différentiel qui a toujours créé envie, curiosité et admiration chez les autres. « Comment font-elles ? »

— C'est drôle, en tout cas, vraiment drôle, continua-t-elle, est-ce que ça t'amuse ? Et est-ce que ça marche ?

Lucas, dissimulant une petite bouffée d'orgueil, eut une sorte de sourire rentré :

— Eh bien, oui, tu vois, il se trouve même qu'on a commencé à parler d'un projet possible de série télé. Mon ami, l'agent Sacca, y travaille. Évidemment, si ça se fait, ça va vouloir dire des batteries d'écrivains, une équipe, un casting, ça n'aura plus rien à voir avec le stand-up dans un bistro et ça changera tout. Mais j'ai plusieurs amis qui me disent : “Tu as trouvé un angle, un personnage, tu as un univers, tu peux créer d'autres éléments et cultiver à fond ce qui a fait ton succès dans le stand-up.”

— Tu veux dire une sorte de Jerry Seinfeld français ?

— N'exagérons rien, s'il te plaît. Même pas Gad Elmaleh. Mais en tout cas, il y a moi, il y a Lucas. Et on changera le titre, il est trop anecdotique. On appellera ça “My Perfect Imperfection”. Mon modèle absolu, c'est *Curb Your Enthusiasm*, Larry David. J'y crois beaucoup.

Cela faisait plus d'une année qu'ils ne s'étaient revus. Il portait une saharienne couleur kaki, un polo blanc, des pantalons chinos kaki à pince, il était pieds nus dans des mocassins Alden, en cuir cordovan, couleur bordeaux foncé. Il avait commandé son habituel gimlet, et elle un verre de thé glacé avec une paille. Elle posait sur Lucas un regard qu'il ne lui avait pas connu, comme une amorce d'attendrissement et de bienveillance. Il lui dit alors :

— Je vais te faire une déclaration. Tu es belle et limpide, je sais ce que tu as vécu, je croyais te comprendre, or je ne savais rien et maintenant j'ai compris. Ta vie a été comme une inlassable série d'obstacles, de décisions, d'épreuves – et tu t'en es sortie avec panache, détermination, courage, intelligence des gens et des choses. Je ne te cache pas que je t'admire. J'ai souvent pensé à toi depuis un an. En fait, tu n'as pas quitté mon esprit et, pour tout te dire, et je pèse mes mots, j'envisage assez mal de me passer de ta présence.

Élisabeth eut un rire.

— "Ah, qu'en termes galants ces choses-là sont mises."

Plus sérieuse, elle accepta de répliquer :

— Et toi, Lucas, tu es narcissique, juste ce qu'il faut pour survivre dans une ville aussi brutale et aussi exigeante que New York. Tu as manqué notre premier rendez-vous, à Paris, dans nos 20 ans, mais je ne t'en ai jamais fait le reproche, car je savais, au plus profond, quelle était ta vraie nature. Ta vérité, que tu refusais de comprendre. Aujourd'hui, si tu as changé, bien évidemment, tu restes, pour moi, mon premier amour. Que vois-je de toi, en face de moi ? Je vois un inquiet, un insatisfait, mais qui possède un don qu'il vient enfin de développer, qui fait rire et sourire. On dit que les hommes qui font rire les femmes finissent par les conquérir. Ta nostalgie me plaît, et tu as pris de l'expérience. Plus de quarante ans. Ou presque. Tu es un homme complexe et plus complexe que ceux qui s'évertuent encore à me faire, parfois, la cour. Et c'est ta complexité qui m'émeut.

Dehors, une brise voltigeait au-dessus de la 5e et faisait trembler les feuilles des ormes, des chênes rouges et des ginkgos bilobas de Central Park. Ces mêmes ormes borderaient un jour dans quelques années le *mall* serpentant dans le parc, habillé de parois orange créées par Christo. Mais Lucas ne se préoccupait pas des ormes. Il était tout entier à l'écoute d'Élisabeth, indifférent à tout autre élément.

— Je ne peux pas non plus dire, continua-t-elle, que je n'ai pas aussi pris beaucoup d'expérience. Nous avons le même âge, nous sommes encore jeunes, n'est-ce pas. Nous avons du temps devant nous.

Il se taisait, n'osant guère toucher à son gimlet. Il fut parcouru par cette « délicieuse anxiété » qui, selon Stendhal, précède le lever du rideau. Car il retenait surtout qu'elle avait dit quatre fois : « nous ».

Alors, il avance sa main par-dessus la table, saisit celle d'Élisabeth et la serre. Elle répond à ce geste. Il a envie d'elle. Le devine-t-elle ? Rien n'est dit. C'est un de ces brefs et subtils passages que connaissent les gens qui peuvent s'aimer. Elle retire sa main, recule dans son siège, s'y adosse avec un soupir, comme soulagée, libérée. Elle le regarde et dit :

— Et si on essayait ?

Incapable de répondre, figé par ce qu'il attendait depuis si longtemps, Lucas se réfugie dans la légèreté.

— "Et si on essayait". Dis-moi, ça pourrait faire un beau titre de film, non ? Ou même d'une novella ?

Élisabeth éclate de rire. Des buveurs se retournent. Elle lui dit :

— Une novella ? De quoi tu parles ?

Lucas alors, plus solennel :

— Pardonne-moi, je plaisantais, comme toujours, pour dissimuler mon émotion. Et oui, Élisabeth, je vais te suivre, bien sûr : et si on essayait ?

Dehors, la 5e Avenue bruissait, déchirait du caoutchouc comme de la soie, broyait du noir, du carbone. Lucas se souvint brusquement de Sammy, le vendeur de marrons chauds dont la voix sonnait comme une trompette. Où était-il passé ?

Avait-il trouvé un financement pour je ne sais quelle sorte de petite entreprise de marrons prégrillés, vendus sous boîte ? Ou bien Sammy s'était-il enrôlé dans l'US Army pour rejoindre l'Irak ou l'Afghanistan ? Après tout, il y avait les étoiles et les bannières du drapeau américain sur son bonnet, c'était peut-être un fervent patriote. S'était-il marié ? Avait-il des enfants ? Comme il avait démontré, devant ses marrons à Central Park, des dons de comédien et de showman, le retrouverait-on, lui aussi, dans un stand-up ? Si Lucas s'interrogeait autant sur le destin de Sammy, c'est qu'il le considérait comme le parrain de sa rencontre fortuite avec Élisabeth. S'il ne s'était pas arrêté devant le vendeur de marrons, Élisabeth l'aurait-elle croisé et reconnu ? Sammy était l'agent du hasard. L'agent du nouveau rendez-vous.

Comme Élisabeth, comme chacun d'entre nous, Lucas se savait tributaire de ce que, faute de mieux, en effet, on appelle le hasard, ou encore ce que l'on peut définir comme un concours de circonstances. Élisabeth le lui avait d'ailleurs déjà dit. Il oublia Sammy et son regard revint sur elle, la femme de sa vie, la femme dans sa vie.

Il y avait, sur les lèvres d'Élisabeth, le délicat dessin d'un sourire apaisé. Mesurait-elle, en silence, le poids des mots qu'elle avait prononcés :

— Et si on essayait ?

Elle se connaissait, et, par conséquent, elle s'acceptait. Elle se disait que, encore une fois, c'était elle qui avait fait le premier geste, franchi le premier pas, comme avec Thomas Peshkow. Elle qui venait d'amorcer ce que deviendrait, peut-être, leur couple. Mais elle ne tirait aucun trait sur l'avenir. Il arriverait ce qui arriverait. La réponse était dans le vent. D'ici quelques années, on attribuerait le prix Nobel de littérature au grand poète des sixties, Robert Allen Zimmerman, dit Bob Dylan, né le 24 mai 1941 à Duluth dans le Minnesota. C'était lui qui avait immortalisé cette phrase singulière, simple, belle et vraie :

— La réponse, mon ami, souffle dans le vent.

The answer, my friend, is blowin' in the wind.
Ils étaient tous des enfants de Dylan.

— Tu as l'air perdu dans tes pensées, lui dit Lucas.

— Non, non, tout va bien. D'ailleurs, je vais laisser tomber le thé glacé. On va boire ensemble, si tu veux bien.

Lucas héla le garçon :

— *Waiter !* Deux gimlets, s'il vous plaît.

Deux gimlets sur la 5e Avenue. Après tout, cela aussi aurait pu être un titre de novella.

Comme chacun sait, peut-être, une « novella » n'est ni un roman ni une nouvelle, c'est une construction fragile. Après avoir publié en 2020 *J'irais nager dans plus de rivières*, j'ai eu envie de changer de genre. L'ai-je vraiment fait ? Je souhaitais quelque chose de moins autobiographique. Y suis-je parvenu ? Rendez-vous au prochain livre.

PHILIPPE LABRO

Val Fex
Hornberg (Saanenmöser)
Été 2023

REMERCIEMENTS

À Ludovic Escande, fidèle éditeur.
À Anne Boy, irremplaçable collaboratrice.
À Matthieu Dersy, parfait préparateur.

Œuvres de Philippe Labro (suite)

Chez d'autres éditeurs

CE N'EST QU'UN DÉBUT, avec Michèle Manceaux, Jean-Claude Lattès, 1968.

TOUS CÉLÈBRES, Denoël, 1979.

LETTRES D'AMÉRIQUE, avec Olivier Barrot, Nil éditions, 2001 (Folio n° 3990).

DES CORNICHONS AU CHOCOLAT, Jean-Claude Lattès, 2007.

MON AMÉRIQUE. 50 PORTRAITS DE LÉGENDES, Éditions La Martinière, 2012.

CE N'EST QU'UN DÉBUT, nouvelle édition, Jean-Claude Lattès, 2018.

Composition : IGS-CP à L'Isle-d'Espagnac (16)
Achevé d'imprimer par Normandie Roto Impression s.a.s.,
en septembre 2024
Dépôt légal : septembre 2024
Numéro d'imprimeur : 2404304

ISBN : 978-2-07-304999-5 / Imprimé en France

621245